集英社オレンジ文庫

ゆきうさぎのお品書き

6時20分の肉じゃが

小湊悠貴

もくじ

イラスト／イシヤマアズサ

序章

18時の店開き

一月五日、十八時。

洗濯したばかりの暖簾《のれん》を手に外に出ると、朝から降り続いていた小雨が、白く大きな粒に変わっていた。東京ではめったに降らない牡丹雪《ぼたんゆき》だ。

「雪か……」

言葉とともに吐いた息が白く立ちのぼり、暗い空へと吸いこまれる。薄手の長袖《ながそで》シャツにジーンズという軽装の身に、刺すような冷気が容赦《ようしゃ》なく襲いかかってきた。

空はあいにくの雪模様。だが、この店の再開初日にはふさわしいかもしれない。

雪村大樹《ゆきむらだいき》はひとつ身震《みぶる》いすると、手にしていた暖簾を広げた。細長い竹の棒を使って、白木の格子戸《こうしど》の前に吊《つ》り下げる。

『小料理　ゆきうさぎ』

染みひとつない真っ白な暖簾が、雪まじりの風にふわりと揺《ゆ》れた。

ふいに気配を感じて、大樹は視線を動かした。人ひとりぶんの間隔をあけた軒下《のきした》に、一匹の猫が座っている。

（なんでこんなところに？）

わりと大きめの、骨格がしっかりした猫だ。たぶん野良だろうが毛並みがいい。先が少し丸まった、黒くて長いしっぽ。背中と顔の上半分は黒く、腹部や四肢はふわふわとした白い毛で覆《おお》われている。愛くるしさはあまりなく、研ぎ澄まされた気配は、孤独に生き抜いてきた野良猫の厳しさを感じさせた。

ちらりと大樹を見上げた猫は、すぐに興味を失ったように目をそらす。その毅然《きぜん》とした姿は、まるで名のある剣豪か侍のようだった。

普通の猫なら風雨がしのげる暖かい場所を見つけて、そこでじっとしているはずだ。今は雪まで降っているのに、こんなところで何をしているのだろう?

大樹の横で、侍猫は前脚をそろえて座りながら、降りしきる雪を静かに見つめている。相手は人ではないから、中に入って暖まれとは言えない。店内は動物厳禁だ。

肩をすくめた大樹は店内に戻ったが、なんとなく気になって、十五分後にふたたび表に出た。さすがにあの猫もどこかに行っているだろうと思っていたが――

猫は十五分前と同じ場所で、体を丸めてうずくまっていた。

「ここ、寒いだろ。もっと暖かいところに行けよ」

声をかけてみたが、無反応。

ため息をついた大樹は、シャツの胸ポケットから少しへこんだ煙草《たばこ》の箱とライターを取り出した。困ったときや考えるときなどにどうしても手が伸びてしまうが、猫は大樹が煙草に火をつけても煙を吐き出してもまったく動じない。

（妙な猫だ……）

吸い終えた煙草を携帯灰皿に押しつけた大樹は、焦げ茶色の前髪をかき上げた。少し考えた末、格子戸を開けて中に戻る。

しばらくして外に出た大樹の手にあったのは、一枚の皿だった。上にのっているのは厨房《ちゅうぼう》の冷蔵庫から取り出して、鍋で湯がいた鱈《たら》の切り身。

大樹を無視していた猫も、これにはぴくりと耳を動かした。

「ほら、今日だけ特別……って、そんなに威嚇《いかく》しなくてもいいだろ」

下手に近づくと引っかかれそうだったので、その場に片膝《ひざ》をついた大樹は皿を猫に向けて押し出した。猫はそろそろと皿に近づき、少し匂いを嗅《か》いだあとにゆっくりと口をつける。

——よし、食べた。

勢いをつけておいしそうに食べはじめる姿を見ているうちに、いつの間にか口元がゆるんでいた。はっとした大樹は表情を引き締める。

「いいか、これは開店サービスだ。次は何もやらないからな」

わずかに目線を上げた猫が、大樹を見た。わかっているのかいないのか、それがどうしたとでも言いたげな顔で、フンと鼻を鳴らす。

実に可愛《かわい》げがない。しかしそのつれなさが逆に気になってしまう。

「……また来ても無駄だぞ」

半ば自分に言い聞かせるようにつぶやいて立ち上がり、格子戸に手を伸ばす。

すっかり冷え切った指先が戸に触れたとき、背後から声をかけられた。

「大ちゃん?」

ふり返ると、紺色の傘を差し、同じ色のコートをはおった長身の男性と目が合った。

「玉木《たまき》さん……」

「久しぶりだね。元気にしてた?」

先月二十五歳になった大樹の倍は生きているであろう年齢の、黒縁の眼鏡をかけた男性だ。玉木浩介《こうすけ》という名のその人は、優しげな面差しに笑みを浮かべながら近づいてくる。

切り身を食べ終えた猫が、はじかれたように顔を上げた。大樹がそばに寄ろうとしたときは威嚇していたのに、今度は脱兎《だっと》のごとくその場から逃げ去ってしまう。

「あ……。おどろかせちゃったか」

夜の通りに消えていく猫を見送りながら、浩介は「悪いことをした」と眉を下げた。店の前でエサをやっていたことを咎《とが》める様子はなさそうだったので、ほっとする。

「冬は野良猫も大変だろうな」

浩介は同情するような口調で言うと、眼鏡の奥の目を細めて暖簾を見やった。

「もしかして、また店を？」

「ええ。今日から」

そうかとうなずいた浩介は、大樹の祖母が女将《おかみ》をつとめていた旧「ゆきうさぎ」の常連客だった。昨年の秋に女将が病気で亡くなったときは、忙しい合間を縫《ぬ》って通夜に来てくれた人でもある。それ以降、顔を合わせることがなかったのは、女将の死後はずっと店を閉めていたからだ。

「入ってもいいかな」

どうぞと答えた大樹は格子戸を開け、浩介を招き入れる。がらんとしていた店内に、三カ月ぶりにお客が入った瞬間だった。

「まさか雪になるとは思わなかったよ。積もらないといいけど」

ほどよく暖められた店内に入った浩介は、そう言いながら雪で濡《ぬ》れたコートを脱いだ。

「すぐにお茶とおしぼり出しますから」

「急がなくていいよ」

コートを受け取った大樹は、丈の長いそれをハンガーにかける。

浩介は「ゆきうさぎ」に通っていた常連たちの中で、もっとも背の高い客だ。百七十五はある大樹よりも五センチは高い。加えて瘦《や》せ型で腹もほとんど出ていないので、同年代の常連客からはうらやましがられていた。

厨房に入った大樹が手を洗っていると、携帯を取り出した浩介がどこかに電話をかけはじめた。チヤコという呼びかけが聞こえたので、自宅に連絡したのだろう。玉木家は浩介夫妻と高校生の娘の三人家族で、奥さんがそんな名前だったような気がする。

「よし。これで今日はゆっくりできる」

通話を終えた浩介が、嬉《うれ》しそうな表情で言った。橙《だいだい》色のやわらかな明かりが灯《とも》された店内をなつかしげに見回してから、カウンター席の椅子《いす》を引く。

浩介が席に着くと同時に、大樹は淹《い》れたての熱いほうじ茶が入った湯呑《ゆの》みを置いた。再開にあたって新調したお品書きを差し出す。

「玉木さん、何にしますか?」

「そうだなぁ。体が冷えてるし、まずは温かいもの……。あと『あれ』はあるかな」

「『あれ』ですね。もちろん用意してありますよ」

常連客ならではの注文の仕方に、自然と口の端が上がる。

浩介の好物は今も昔も「ゆきうさぎ」の目玉なので、絶対に切らすことはないものだ。

今日は午前中につくり終えて、時間をかけて味をなじませてある。

熱燗《あつかん》の注文を受けた大樹は、水を張った鍋を火にかけた。沸騰《ふっとう》したら火を止めて、日本酒を入れた徳利《とっくり》をそっと中につける。数分後に徳利を引き上げ、底に指をあてたとき、少し熱いと感じるくらいが浩介好みの温度だ。

適温は五十度前後。高すぎると酒の香りが飛んでしまうので気を抜けない。大きな料亭には今でも燗をつける専門の「お燗番」が存在するが、彼らには及ばないにしても、客好みの温度に調整するための極意は心得ていた。

「お待たせしました」

徳利の口からほんのりと湯気が出るまで温めた燗を、お猪口《ちょこ》を添えて浩介の前に出す。

「寒いときはこれに限るね」

頰《ほお》をゆるませた浩介が、酒を注いだお猪口に口をつける。

「うん、この温度がちょうどいいんだよ。よく憶《おぼ》えてたね」

「これでも七年近く、ここで働いてましたから。簡単には忘れませんよ」

「大学に入ってからずっとだっけ。店が再開したのは嬉しいけど、大ちゃんだけで回すのは大変だろう。誰か手伝ってくれる人は雇わないの？」

「経営が軌道に乗ればですかね。ひとりかふたりいれば助かるんですけど」

いつになることやらと肩をすくめたとき、ふいに格子戸が開いた。

「――」

いらっしゃいと言いかけた大樹の両目が、大きく見開かれる。

「うう……」

弱々しい声をあげながら、ゆらりと中に足を踏み入れる人影。

その姿を見たとき、一瞬、雪女があらわれたのかと思った。

「ひ、ひどい目に遭った……」

戸にもたれかかりながら顔を上げたのは、もちろん雪女などではない。大樹よりも年下の、二十歳《はたち》前後に見える女性だった。

この天気に傘を差していなかったのか、ゆるく波打つくせ毛や白いダウンコートが雪にまみれて濡れている。まるで全力疾走でもしてきたかのように呼吸が荒く、肩でぜいぜいと息をしていた。

「大丈夫ですか?」

「お気づかいなく……。ちょっと休めばどうにか」

首にはマフラーを巻き、コートの下にも着こんでいるのか、上半身がやけにモコモコしている。暑いのか顔は真っ赤で、汗もにじんで苦しそうだ。

その様子は雪女というよりも……。

「大ちゃん、何か拭くもの」

溶けかけた雪だるまを思い浮かべていた大樹は、浩介の声で我に返った。店とつながっている母屋《おもや》から乾いたタオルを持ってきて手渡すと、女性は礼儀正しくお礼を言って濡れた体を拭きはじめる。

はじめて見る顔だった。常連客でも大樹の個人的な知り合いでもない。

「何があったんですか?」

大樹から受け取ったコップの水を飲み干した女性は、恨めしげな目をしながら「聞いてください」と身を乗り出した。

「駅前のバス乗り場で、キーケースを落としてしまったんです。拾おうとしたら近づいてきた猫がいきなりくわえて逃げ出したものですから、あわてて追いかけて」

「は?」

何事かと思いきや――――猫?

「猫ですよ。黒と白の。目つきがやけに鋭くて、ちょっと怖めの雰囲気の」

女性は「無事に取り戻しはしましたけど」と言って、握りしめていた右手を開いた。その手のひらの上には、やや色あせたピンク色のキーケース。

「この建物の前の道に捨てていったんです。ポイッと。おかげで傘も差さずに走り回る羽目になるわ、途中で転ぶわでさんざんでした」

肩を落とした女性は、ふと店内を見回した。

「ところでこちら、お店ですよね。……ええと、小料理屋さん？　疲れたので少し休ませていただいてもいいですか」

「ええ、かまいませんが……」

「もちろん注文もしますから。久しぶりに走らされてお腹《なか》がすいちゃって」

あっさり表情を切り替えた彼女は、もたもたと手袋とマフラーをはずしてコートを脱いだ。下に着ていたジャケットとカーディガンも脱ぐ。

（着こみすぎだろ……）

薄手のセーター姿になった女性は、思っていたより細身だった。猫背気味の彼女はカウンターに近づくと、椅子を引いて腰かける。

彼女から注文を受けた鰤大根《ぶりだいこん》を温めて皿に盛っていると、ふたたび戸が開いた。

「あーあ、ツイてないなあ……」

またしてもやたらと疲れた顔をした、三十代半ばくらいの男性があらわれる。

こちらも右手に折りたたみ傘を握りしめているにもかかわらず、なぜか全身雪まみれだった。仕立てのよさそうなネイビーのロングコートが、ところどころ白い。

はあ、とため息をついた男性は、雪がついた頭を軽くふった。

「なんだったんだろ、あれ」

「あの、何が……」

「それがさ、変な猫がさっき――」

まるで何かに引き寄せられたかのように、そのあとも新客やなじみの常連客たちが次々と暖簾をくぐり、中に入ってくる。

一時間がたつころには、狭い店内はほぼ満席になっていた。

陽気な声がそこかしこで響く中、大樹と浩介は思わず顔を見合わせる。

「大ちゃん……。『狐につままれる』ってこんな感じかな」

「つまんできたのは猫ですけどね……」

ふたりの脳裏《のうり》に浮かんだのは、まったく同じ猫の姿。

「招き猫、だったのかな?」

不思議そうに首をかしげる浩介に、大樹は「どうでしょうね」と苦笑した。

第1話　6時20分の肉じゃが

五月十三日、時刻不明――


ごろりとあおむけになったとき、碧《あおい》は自分が眠っていたことに気がついた。

重たいまぶたを持ち上げて、なんとか両目をこじ開ける。

まず見えたのは梁《はり》がむき出しになった天井と、そこから吊《つ》り下げられたいくつもの小さな照明。あたたかみのあるオレンジ色の光を放つそれは、何かの形によく似ていた。

(なんだっけ? えーと)

ああ、ホオズキだ。

照明から目をそらすと、今度は敷き詰められた畳と飴《あめ》色の座卓の脚が視界に入った。畳は張り替えたばかりなのか青々としていて、い草の香りがほのかにただよっている。

見覚えのない場所。知らない匂い。そしてぷつりと途切れた自分の記憶。

――わたし、なんでこんなところにいるんだろう?

ぱちくりと瞬《またた》いた碧は、大きな部屋の一角、畳が敷かれた座敷の上に横たわっていた。

体にかけられているのは薄手の毛布。室内はひんやりとしていたが、肩まで毛布にくるまっているおかげで寒くはない。

（これ、誰がかけてくれたのかな……）

首だけを動かした碧は、ぎくりと体をこわばらせる。視線の先に、自分以外の人を見つけたからだった。

縦に長い室内。座卓を寄せ、碧が横になるためのスペースがつくられた小さな座敷は、出入り口らしき引き戸からはもっとも遠い位置にあった。

引き戸の前には真っ白な暖簾《のれん》が吊り下げられていて、右側には「小料理　ゆきうさぎ」という藍《あい》色の文字が染め抜かれている。座敷の前方にはタイルが敷かれた床があり、半分は飲食店で見かけるような狭い厨房《ちゅうぼう》とカウンター、もう半分には四人がけのテーブルと椅子《いす》が三組並べられていた。

碧が見つけたその人は、座敷に一番近いカウンター席の椅子に腰かけていた。

今年で十九歳になる碧よりも年上の、二十代半ばほどに見える青年だ。体をこちらに向けて座り、黒いズボンを穿《は》いた長い足を組んでいる。

濃い色のシャツは襟《えり》元をくつろげて、袖《そで》は肘《ひじ》までまくり上げてある。カウンターに片肘を置いた彼は、頬杖《ほおづえ》をつきながら膝《ひざ》の上に広げた雑誌に目を落としていた。

夕暮れ色の明かりに照らされたその顔は、顎《あご》がすっきりとしていて形がいい。切れ長の目尻はややきつめだが、うつむき加減でも整っていることがうかがえた。

空調のわずかな音だけが聞こえる、静かな室内。自分と青年以外の人は見当たらなかったが、ここが店の中だというのは間違いなさそうだ。

「小料理　ゆきうさぎ」。

駅と自宅をつなぐ道沿いに、そんな名前の店があった気がする。

近くを通るとおいしそうな匂いがただよってくることもあったが、古い店構えはいかにも常連で成り立っているといった雰囲気で、気軽に入れる場所ではなかった。ひと月前に大学に入ったばかりの碧にとっては敷居が高い店でもあったので、いつも素通りしていたのだけれど。

(だったらあの人、お店の人かな?)

雑誌のページをめくった青年は、碧の視線に気がついたのか、ふいに顔を上げた。ぱっちり目が合ってしまう。

「――ああ、起きたのか」

青年は雑誌を閉じて立ち上がり、ゆっくりと近づいてきた。

反射的に起き上がると、いつもはポニーテールにしている髪の毛先が肩のあたりで揺《ゆ》れた。寝かせるためにほどいたのだろうかと思った瞬間、めまいのような感覚に襲われる。

目を閉じてこめかみを押さえたとき、上から声が降ってきた。

「大丈夫か？」

案じる声はおだやかで、聞き取りやすくて心地よい。

おそるおそる目を開ける。いつの間にか座敷に上がっていた青年が、片膝をついて碧の顔をのぞきこんだ。

「さっきよりは顔色がよくなってるな。体調は？」

「体調……？」

少し頭がくらくらして、体がだるい。それ以外は大丈夫そうだ。

素直に告げると、うなずいた青年は「ちょっと待ってろ」と言ってその場を離れ、厨房に入った。この位置からは何をしているのかよく見えない。

二つ折りにして碧の足がのせられていた座布団の横には、見覚えのあるバッグが置いてあった。キャンバス地のトートバッグを引き寄せて中をさぐり、買い換えたばかりのミントグリーンのスマートフォンを取り出す。

ディスプレイに表示されていた時刻は、二十二時三十五分だった。

その画面を見たとき、ぼんやりしていた頭がようやく動きはじめる。

講義のあと、大学に併設されている図書館に寄って調べ物をして、正門を出たのは十九時半だ。課題に集中していて時間を忘れ、気づいたときにはとっくに日が暮れていた。

それから電車に乗って、最寄りの駅についたのが二十時過ぎ。駅ビルで買い物をすることもあるけれど、今日はどこにも寄ることなく、徒歩で二十分ほどの距離にあるマンションの自宅に帰ろうとして……。

――でもここは家じゃない。

二時間以上、記憶が飛んでいる。その間のことは何も憶えていない。

なんとか思い出そうとしていると、青年が戻ってきた。その手には湯気立つマグカップを持っている。

「ほら。これなら飲めるだろ」

「え……」

よほど情けない顔をしていたのか、青年は切れ長の目を軽く見開いた。声のトーンをやわらげる。

「喉《のど》、渇いてないのか？」

言われてようやく、喉がからからだったことに気がついた。

「わたし、ここで寝てたんですか？　どれくらい……？」

遠慮がちにたずねると、青年は自分の腕時計に目を落とす。

「二時間ちょっとかな」

彼の答えは、空白の時間とぴったり一致した。

「それはそうと、飲むのか飲まないのか、どっちなんだ？」

「あ、飲みます」

差し出されたカップを受け取った碧は、お礼を言って口をつける。中に入っていたのは、蜂蜜《はちみつ》を混ぜたお湯だった。ほどよいあたたかさと甘さが気持ちよく、こわばっていた体がほぐれていく。

「おいしい……」

ほっと息を吐くと、青年は少しだけ目尻を下げた。

怖い人だったらどうしようと不安だったが、こうして気づかってくれるし、見た目よりも優しそうだ。よかったと胸を撫《な》で下ろす。

「緑茶とかコーヒーは貧血にはよくないから、しばらく摂《と》らないほうがいい」

「貧血？」

「医者じゃないから断言はできないけどな」

座敷は床よりも一段高くなっている。その段差に腰を下ろした青年は、「名前は？」とたずねてきた。

「えっと、玉木《たまき》です。玉木碧」

「タマキ?」

ありふれた名前なのに、彼はなぜか面食らったような顔になる。

(おかしなこと言ったかな?)

「あの、何か変でしたか?」

「いや別に。知り合いと同じ苗字だったから」

青年はすぐに表情を戻した。「俺の名前は……」と口を開き、雪村大樹《ゆきむらだいき》と名乗る。

「ここ、雪村さんのお店なんですか?」

「今はね。もともとは先代……俺の祖母の店だった」

昨年亡くなった祖母のあとを継いで「ゆきうさぎ」の店主になったという彼は、碧が意識を失う前後の状況を教えてくれた。

「たぶん貧血起こしたんだろうな。うちの前でうずくまってたんだよ。声をかけたときは返事があったけど、顔色は真っ青だった。それからすぐに気絶して」

救急車を呼ぼうか迷ったが、とりあえず店内に運んで、しばらく様子を見ることにしたのだという。

「憶えてないのか」

「なんとなく思い出してきたような……」

眉間《みけん》を押さえた碧の脳裏《のうり》に、数時間前の記憶がよみがえる。

家に帰るために歩いていた夜道。思い返せば大学を出たときから体が重く、頭もふらふらしていた。だから早く帰りたくて、寄り道をする余裕もなかったのだ。

駅を出て五分ほど歩いたころだっただろうか。ふいに頭の芯がすうっと冷たくなり、視界が黒く浸食されはじめた。たまらず立ち止まったとき、体を支えきれずにその場に崩れ落ちた気がする。

薄れる意識を必死になってつなぎ止める中、遠くで何かの鳴き声が聞こえた。

——猫だ。猫が鳴いている。

そう思ったとき、肩に誰かの手が触れた。

『おい、大丈夫か⁉』

声をしぼり出して大丈夫ですと答えたが、その顔をたしかめる前に意識が途切れてしまったのだ……。

すべてを思い出した碧は、まじまじと大樹を見つめた。

「雪村さんが助けてくれたんですね。ありがとうございます」

「礼なら武蔵《むさし》に言うんだな」

「むさし？」

なんとも勇ましい名前に首をかしげると、大樹は「人間じゃないけどな」と笑う。

「ときどきうちに来る野良猫だよ。あのとき妙に鳴き声がうるさかったから、おかしいと思って外に出たんだ。そうしたら」

店の前でうずくまっている碧を見つけたというわけだ。

(そういえば、あのとき猫の鳴き声が聞こえたっけ)

碧の危機を知らせるために、大樹を呼んでくれたのだろうか？　鳴き声はやけに野太くて、お世辞にも可愛《かわい》いとは言えない……もとい、名前通りの威厳を感じさせる重厚なものだった。

「雪村さん、その子はどこに？」

「もういない。あいつは気まぐれだから」

「そうですか……。お礼が言いたかったのに」

「このあたりを縄張りにしてるみたいだから、また会ったとき言えばいいんじゃないか」

大樹は段差から腰を上げた。何かを見定めるかのように碧を見下ろす。

「大学生……いや、高校生か？」

「先月から大学生です」

「もし家族と住んでるなら、連絡入れとけよ。もう十一時近いし、心配させてるんじゃないのか？」

「あ！　そうだ。お父さんに電話しておかないと……」

スマホを手に取った碧は、自宅の番号に電話をかけた。だがしばらく待ってもつながらず、コールが十回鳴ったところで留守番メッセージに切り替わる。

続けて父の携帯にもかけてみたが、結果は同じだった。

「まだ仕事から帰ってきてないのかも。うちの父、遅いときは帰りが真夜中になるから。またあとでかけてみます」

わかったと答えた大樹は、「ところで」と話を変える。

「玉木さん、腹減ってる？」

「え？」

「家に帰る前に腹に何か入れとかないと、今度は空腹で倒れるぞ。簡単なものでよければつくるから、少し無理してでも食べていったほうがいい」

申し出はありがたかったが、碧は首を横にふった。

「いえそんな。大丈夫ですからおかまいなく」

「ここ店屋だし、変なものは出さないけど」

「そういうわけじゃなくて……」

うまく言葉が返せずに、困った碧はうつむいた。

これ以上世話になるわけにはいかないという思いもあったが、そもそも今の碧には何かを食べたいという、あるべきはずの欲求が欠落していた。それも一日二日の話ではない。この状態は二カ月近くも続いている。

だから貧血を起こした理由もわかっていた。食事量が激減したせいで、じゅうぶんに栄養が摂れていないからなのだ。

心配をかけたくなくて父にも隠している事情を、初対面の大樹に明かせるはずがない。

「お腹《なか》、あんまりすいてないんです」

上手な断り方が見つからず、結局は正直な気持ちを告げる。

しかし大樹は、ためらう碧の様子をどう勘違いしたのか「遠慮するな」と言った。

(どうしよう?　突っぱねるわけにもいかないし)

食事を出されても、完食どころか半分も食べられる気がしない。

だけどかたくなに拒んだら、きっと気を悪くさせてしまうだろう。自分を介抱してくれた人の好意を無下にしたくはなかった。

「わかりました。お願いします……」

迷った末、碧は複雑な気持ちを押し隠して言った。

大樹が厨房に入ると、碧はくるまっていた毛布の中から抜け出した。そろえられていたぺたんこのバレエシューズを履《は》き、座敷から下りる。

落ち着きを取り戻したからか、持ち前の好奇心がむくむくと湧き上がってきたのだ。

「うろちょろするな。また倒れても知らないぞ」

大樹には叱られたが、碧は「もう平気ですよ」と笑った。

「小料理屋さんってはじめてだから、じっくり見てみたくて」

「よくある普通の店だろ」

「でも居酒屋とかファミレスとかよりハードル高いし」

「そんなに気負うような場所でもないけどな」

「うーん……。イメージの問題ですかね？　おじさん客が多くて、気軽に入れない感じ」

碧は使いこまれたテーブルに触れた。椅子を引いて腰かけてみる。

テーブルの端に立てかけられたお品書きには、定番の家庭料理を中心に、凝った日本料理の名前もいくつか載せられていた。ひっくり返すと、裏側には碧にはよくわからないお酒の銘柄がずらりと並んでいる。

「生ビール大ジョッキで！　とか芋焼酎《いもじょうちゅう》ひとつ！　とか頼むんですか？」

「未成年は黙ってろ」

苦笑した大樹が背を向けて、大きな冷蔵庫の扉を開ける。

立ち上がった碧はカウンターに近づいた。隅にはひっそりと飾られた花瓶と、小さなフォトフレームが置いてある。ガラス製の細長い花瓶には、ひらひらした花弁の花が数本活《い》けられていた。

カーネーション……。

重なる偶然。あざやかな赤に胸がずきりと痛み、目をそらす。

気を取り直した碧は、フォトフレームの写真をのぞきこんだ。シンプルな四角いフレームの中で、割烹着《かっぽうぎ》に身を包んだ白髪の老婦人が笑っている。

（もしかして、雪村さんのおばあさん？）

写りこんでいる背景から察するに、写真はちょうど今、碧が立っている位置から撮られたのだろう。声をかけられてふり向いたところを撮影されたといった雰囲気で、その顔立ちはどことなく大樹に似ていた。

フォトフレームの近くには、さきほど大樹が読んでいた雑誌が置きっぱなしになっていた。この地域でのみ販売されているローカルな情報誌で、表紙には『地元食材でつくる旬のレシピ』という文字がでかでかと印字されている。

——メニューの研究でもしていたのかな。

料理に興味はなかったが、ぱらぱらとめくってみる。しかし半分もいかないうちに、厨房から大樹の手が伸びてきて没収されてしまった。

「おとなしく待ってられないのか？」

あきれ声を出しつつも、大樹の両手は手際よく動く。茹《ゆ》でられたほうれん草が、包丁で細かく刻まれる。それが終わると、今度は薄く切ったじゃがいもとタマネギを鍋で炒《いた》めはじめた。

バターのとろける香りがふんわりとただよい、碧は思わず身を乗り出した。

「何をつくってるんですか？」

「なんだろうな？」

さらりとかわした大樹は、「もう戻れ」と言って碧を座敷に追いやった。

座布団の上に正座して待っていると、ミキサーでも使っているのか、大きな音が聞こえてきた。しばらくして、漆塗《うるしぬ》りのお盆を手にした大樹がやってくる。

「待たせたな」

座卓の上に置かれたのは、白いスープボウルだった。

中を満たしているのは、やわらかい緑色のポタージュ。中央にはクルトンが浮かび、その周りを囲むように生クリームが垂《た》らしてある。

よかった、これくらいなら食べられそうだ。

「いい匂い……。この緑色って、さっきのほうれん草ですか?」

「ああ。じゃがいもとタマネギも細かくしてまぜてある。豆乳で伸ばして、バターとニンニクも少し入れた。貧血なら鉄分摂らないとな」

大樹は続けてナスの煮浸しに、旬のタケノコを使った若竹煮、そしてポテトサラダといったおかずを盛りつけた皿を次々と並べていく。

「あの、これは……」

「見ての通り」

最後につやつやとした白いご飯を盛りつけたお茶碗が、戸惑う碧の前に置かれた。その向かい側には、きれいな三角に握られたおにぎりを三つ並べた平皿を置く。

「今日は定休日だったんだ」

それとこれとなんの関係があるのだろうと思ったが、話を聞くと定休日を利用して新メニューの研究にはげんでいたものの、少々つくりすぎてしまったらしい。ポテトサラダは前からある人気メニューで、サービスで出してくれたようだ。

「よかったら味見してくれないか」

「でもわたし、その……。あんまり食べられないですよ？」

「ぜんぶ食えとは言ってない。俺も食べるし、残してもいいから」

大樹は座卓を挟んだ向かい側――おにぎりの皿の前に腰を下ろした。

座布団の上にあぐらをかき、皿に手を伸ばしたかと思うと、つかみ取ったおにぎりにかぶりつく。

（うわぁ……）

――なんておいしそうに食べるんだろう。

碧はスープボウルにスプーンを突っこんだまま、その姿に釘づけになっていた。

クールな見た目に似合わず、大樹の食べ方は気持ちがいいほど豪快だった。おにぎりひとつがあっという間に消え、親指についたご飯粒をぺろりと舐《な》めとった大樹は、今度は煮物を小皿に取り分け、やわらかそうに煮込まれたタケノコを頬張る。

「醤油《しょうゆ》が足りない……？　いや塩か」

真剣な表情でつぶやきながら、大樹はズボンのポケットから取り出したメモ帳にペンを走らせる。碧の視線に気づいた彼は顔を上げ、怪訝《けげん》そうに眉を寄せた。

「早く飲めよ。冷めるだろ」

「あ、すみません。わたし熱いのって苦手で」

「猫舌か。火傷《やけど》するほど熱くしてないから大丈夫だよ」

うなずいた碧は、とろりとして濃厚そうなポタージュをすくって口に入れた。ほうれん草がメインなら多少の青臭さがあるかと思ったが、ほかの野菜や豆乳とうまく調和していて味わいはなめらかだった。

(……あったかい)

ポタージュを飲みこむと、胃のあたりがじわりと熱くなった。スープボウルが空になるころには、冷たくなっていた手足の先も熱が行き渡ったかのように温まる。

その間も、碧の視線は大樹をとらえ続けていた。

どうしてだろう。目が離せない。

ふたつめのおにぎりを完食した大樹は、おしぼりで手を拭きながら碧の顔をじっと見つめ返した。

「飯が欲しいならそこにあるだろ。好きに食べていいんだよ」

碧はお茶碗に目を落とした。彼の言う通り、ご飯はここにあるのだけれど。

「あの、どうしてわたしはおにぎりじゃないんですか?」

「最近は素手で握ったものを嫌がる人も多いから。気にしない人もいるけど、嫌がられるのもなんだしな。あんたはどっちなのかわからなかったし」

だから手を加えずに、そのまま出したのだろう。納得はしたが、碧は目の前のご飯を食べる気にはなれなかった。逆に気になったのは――

大樹は碧が向ける熱い視線の先を追う。そしてひとつだけ残ったおにぎりの皿を、碧のほうへと押しやった。

「いるか?」

「え」

「物欲しそうな顔してる」

言われたとたん、胃袋をぎゅうっと鷲《わし》づかみにされたような気がした。

空腹。ああ、「お腹がすく」とはこんな感覚だったのだ。少し前までは普通に感じていたことなのに、すっかり忘れてしまっていた。

お腹を押さえると、正常な感覚を取り戻した胃が、食べ物を求めて切なく鳴いた。

あのおにぎりが欲しい。大樹が食べているのを見ていたら、なぜか欲しくてたまらなくなっていた。お腹の底から渇望《かつぼう》が湧き上がってくる。

「いいんですか?」

「食べたければ」

碧は引き寄せられるようにしておにぎりをつかんだ。控えめにかじりつく。なんてことのない、普通のおにぎり。だけどそれは泣きたくなるほどおいしくて。

「あ……。梅干し」

ふっくらとしたご飯の中には、大きな梅干しが一粒入っていた。果肉が厚くてやわらかく、塩気と酸味のバランスが絶妙だ。

「この梅干し、どこで買ったんですか？　ご飯にすごく合いますね」

「それ、自家製なんだよ」

大樹が目を細める。

「先代……うちの祖母が毎年干して、店にも出してたんだ」

「おばあさん……。カウンターの写真の人ですか？」

「ああ、あれ見たのか。そうだよ。亡くなる一年くらい前に、常連のカメラマンが撮ってくれたもので。先代の写真の中では一番いいものだと思う」

言葉の端々から、祖母に対する親愛の情が感じられる。亡くなったあとも写真を飾るくらいなのだから、きっと仲がよかったのだろう。

気がついたときには、碧はおにぎりをまるまるひとつ食べきっていた。勢いのままに、煮物やポテトサラダにも手をつける。

この二カ月間、最低限の栄養摂取だけを目的に、半ば機械的に食事をしていた。だから食べ物を口にして「おいしい」と思ったのは、本当に久しぶりだった。

大樹の手料理は、どれも箸《はし》が止まらなくなるほどおいしかった。その中でも特に絶品だったのはポテトサラダだ。一見シンプルなのに、その味はとても奥深い。

「このサラダ、ものすごくおいしい……！　ちょっとチーズみたいな味がして」

「クリームチーズが入ってるからだろ」

「この緑色の粒はなんですか？　パセリ？」

「バジルだよ。乾燥させたものを砕いて使ってる」

「だからいい香りがするんですね。じゃあこっちの……」

大樹は「あとは企業秘密だな」と言って、それ以上は教えてくれなかった。

「好きなだけ食べろよ。さっきから思ってたけど、あんた痩《や》せすぎだ。もう少し太ったほうがいい」

大樹が寄せてくれたお皿に箸を伸ばしたとき、碧のスマホが着信を告げた。

「折り返しか？」

「たぶん。父が気づいたのかな」

ディスプレイの表示は予想通り『お父さん』だった。画面を操作して耳にあてる。

「もしもし、お父さん？」

『ああ碧、着信履歴があったけど、電話した？』

父はすでに帰宅しているのか、遠くからニュースを読み上げるような音声が聞こえてくる。テレビがついているということは、リビングにいるのだろう。

『それはそうと、こんな時間まで何をしてるんだ。早く帰ってきなさい』

怒っているとも心配しているともとれる声だった。いつも温厚な父のことだから、たぶん後者ではないかと思う。

『今どこにいるの？』

「すぐ近くだよ。『ゆきうさぎ』っていう小料理屋さんなんだけど」

居場所を告げるなり、電話の向こうで『えっ』という声があがる。

『ゆきうさぎって、うちの近くの？　水曜は定休日じゃなかった？』

おどろいたことに、父は「ゆきうさぎ」の存在はもちろん、定休日までも把握《はあく》していた。よく考えれば近所だし、知っていても別におかしくはない。

「えーと、いろいろ事情があってね……」

貧血を起こして大樹に助けてもらったことを伝えると、父は『すぐに迎えに行くから待ってて』と言って通話を切った。

「お父さん、なんだって?」

「迎えに来てくれるそうです。歩きなら十五分くらいかかるかな」

「そうか。じゃあそれまでに食べ終えておけよ」

「はい」

しかし予想に反して、十分もたたないうちに動きがあった。

格子戸《こうし》がカタンと音をたてたかと思うと、遠慮がちに開かれる。内側に吊るされていた暖簾がかき分けられて、見慣れた顔があらわれた。

「こんばんは」

ひょろりとした長身に黒縁の眼鏡をかけた碧の父、玉木浩介《こうすけ》は、大樹と目が合うと少し困ったように微笑んだ。

「すまなかったね、大ちゃん。定休日なのに」

――「大ちゃん」……!?

「ご無沙汰《ぶさた》してます、玉木さん」

落ち着いた様子で応じた大樹は、ぽかんとする碧に意味ありげな目を向ける。

「やっぱり玉木さんの娘だったんだな。もしかしたらとは思ってたけど」

「ど、どういうことですか」

うろたえる碧をよそに、大樹はすっと立ち上がった。座敷から下りて、碧と父の顔を交互に見やる。

「娘さん、玉木さんと顔が似てますね。すぐにぴんときましたよ」

「え、そうかなぁ。けど、電話が来たときはおどろいたよ」

「歩きですか？　やけに早かったけど」

「いや、具合が悪いなら車がいいかなと思って。店の前の路肩に停めてるから、すぐに戻らないと」

父は大樹と言葉をかわしながら、座敷に近づいてくる。

床と座敷の境目までやってきた父は、座布団の上に座っていた碧の顔を気づかわしげにのぞきこんだ。

「貧血って聞いたけど、具合は？」

「もう平気。お腹がすいてたからかな？　お昼ご飯抜いちゃったし」

余計な心配をさせたくなくて明るく答えたが、父は「でも」と眉をひそめる。

「最近、ちゃんとご飯食べてるのか？　前より痩せただろう」

碧は内心でぎくりとした。気づいていたのか……。

父は製薬会社の研究員として、新薬開発にたずさわる仕事をしている。帰宅する時間はまちまちなので、食事をともにすることはほとんどない。昼食はもちろんだが、朝食や夕食も一緒にはとらないため、まだ気づかれてはいないと思っていたのに。

それでも同じ家で暮らしているから、何かしらの異変を感じ取ったのかもしれない。

「――お父さんたら、変なこと言わないでよね。ご飯くらい普通に食べてるよ？」

碧は膝の上でぎゅっとこぶしを握りしめ、父の言葉を笑い飛ばした。

「さっきだって雪村さんがつくってくれたご飯、ごちそうになったんだよ。雪村さん、わたしちゃんと食べてたでしょ？」

「ああ……。さっきはな」

「ほら！　だから余計な心配することないんだってば」

この話は引き延ばしたくない。碧は急いでほかの話題を探した。

「そうだ。お父さんって雪村さんと知り合いなの？」

彼のことを「大ちゃん」と呼ぶくらいだし、親しい間柄に違いない。

「え？　うん、わりと長いつき合いだけど……」

父は面食らったものの、自分が「ゆきうさぎ」の常連客で、十年ほど前から月に三、四回の頻度で通っていることを教えてくれた。亡くなった女将《おかみ》とも親交があり、大学に通うかたわら祖母の店を手伝いはじめた大樹とも話すようになったらしい。

「女将さんが亡くなって店が閉まったときはさびしかったけど、大ちゃんが再開してくれてね。昔の『ゆきうさぎ』の味もしっかり引き継いでいて」

「はじめて聞いたよ……」

「こういう話はお母さんとしかしてなかったからなぁ」

血のつながった親子でも、知らないことはたくさんある。

母とは同性の気安さでなんでも話していたが、父は碧にとって近くて遠い人だった。昔から家にいる時間が少なく、平日は帰りが真夜中になることもよくあった。休日は疲れて寝ていることが多いから、話す機会があまりなかったせいもあるだろう。

だからといって嫌っているわけではないし、会話も普通にかわしている。しかし父が長年「ゆきうさぎ」に通っていることも、女将や大樹と親しくしていたことも、碧はまったく知らなかった。

「玉木さん、うちに来るの久しぶりでしょう」

食べ終わった皿を片づけながら、大樹が口を挟んできた。

「気になってたんですよ。二カ月も来ないから」

「二カ月？」

父は「そうか、二カ月たったのか」と、噛《か》みしめるように繰り返す。

「娘さんも細すぎるけど、玉木さんも痩せた気がしますよ。仕事が忙しいんですか?」

「それもあるけど」

優しげな父の表情に陰《かげ》りがさした。眼鏡の奥の黒い目が細められる。

「少し前に妻が亡くなってから、生活が変わってね。やることも多かったし……」

「え……」

息をのんだ大樹が、碧と父の顔に目を向ける。

その視線から逃れるように碧はうなだれ、父は力なく笑った。

「知弥子《ちやこ》さん――でしたよね。たしか四十代くらいだったんじゃ」

「うん……急だったね。葬儀は身内だけでやったから、知っている人もまだ少なくて。四十九日は過ぎたし、だいぶ落ち着いてはきたかな」

大きく息を吐いた父は、どこか疲れた様子で首元のネクタイをゆるめる。

「だから近いうちに、またお邪魔させてもらうよ。ここの肉じゃが、そろそろ食べたくなってきたしね」

大樹は言葉を探すようなそぶりを見せたあと、やがてしっかりとした声で答える。

「いつでも来てください。美味《うま》いのつくって待ってます」

「ありがとう。――碧、帰ろうか」

うなずいた碧は、静かな表情の大樹に見送られながら、父と一緒に店を出た。

一夜が明け、碧は九時に目を覚ました。

ベッドからもぞもぞと抜け出して、パジャマ姿のままダイニングに向かう。

父はすでに出勤していた。冷蔵庫の扉を開けて中をのぞくと、ビニールに包まれたハムサンドのパックをひとつ見つける。向かいのコンビニで父が買ってきたものだろう。

父も碧も料理は母にまかせきりだったので、ろくなものがつくれない。ご飯を炊いたり味噌《みそ》汁をつくったりするくらいならできるけれど、母を亡くしてからはそれすらする気力がなかったので、スーパーやコンビニで買ったものを食べる日々が続いていた。

椅子に座った碧はパックを破いて、ハムサンドをひと口かじる。

あいかわらず味がしない。おいしいとも思えない。いつも通りの感想だ。

(もういいや)

牛乳で無理やり流しこみ、半分ほどをなんとか胃におさめたところで、碧は残りをラップに包んで冷蔵庫に戻した。父に知られないよう隠し持っている大量の栄養補助サプリメントの錠剤を飲みこんでから洗面所に行く。

ひとりでとる食事は味気ない。

二カ月前までは、いつも母が食卓の向かいで笑っていた。他愛のないことを話しながら、母がつくった食事を当たり前のように食べていた。

そんな日常が崩れてから、碧の食事量は激減した。食欲を失い、食べ物の味がわからなくなってしまったのだ。

最低限の量の食事はとり、足りない栄養はサプリで補っていたつもりだった。しかしやはり不健康な生活は体を壊すのか、ついに貧血を起こしてしまった。

昨日はいぶかしむ父をごまかしはしたが、ばれるのは時間の問題だろう。

――だけどあのとき、雪村さんがつくってくれたポタージュやおにぎりは、ぜんぶ食べることができた……。

不思議なことに、大樹がつくったあの料理だけは味がしたのだ。

おいしいと、心の底から感じることもできた。

(なんでだろう……?)

洗い終えた顔をタオルで拭きながら、ふと目の前の鏡を見る。

しっかりした食事をとったおかげなのか、いつもは青白い顔の血色が、わずかによくなっているような気がした。

髪をとかしてひとつに結び、着替えをすませてから、碧はリビングに隣接した和室の戸を開けた。真新しい仏壇に向けて声をかける。

「おはよう。ちょっと寝坊しちゃった」

仏壇の前に座った碧は、飾られた母の遺影に微笑みかけた。

ほんのりとお線香の匂いがする仏壇には、父が供えたのだろう、母が大好きだった桜屋《さくらや》洋菓子店のカスタードプリンの容器が置いてある。母はここのケーキが本当に気に入っていて、よく買いに行っていた。

プリンの横に添えてあるのは、一輪挿しに活けられた赤いカーネーション。数日前の母の日に、碧が花屋で買ってきたものだった。

「昨日、具合が悪くなったんだけど、小料理屋のお兄さんが助けてくれたんだ。それがお父さんの行きつけのお店で。『ゆきうさぎ』って名前、可愛いよね」

二カ月前、碧が高校を卒業した直後、母は家の中でとつぜん苦しみだした。

急な心臓発作で、すぐに病院に運ばれて処置を受けたが、助かることなく逝《い》ってしまった。生まれつき心臓が弱い人ではあったが入院をしていたわけでもなく、亡くなる直前まで元気だっただけに現実感がなかった。

――大学に合格したとき、あんなによろこんでくれたのに。

碧が進学先に教育学部を選んだのは、中学校の教師として忙しくも生き生きと働いていた母の姿を見て育ったからだ。苦手な英語を教えてもらったり、一緒に合格祈願に行ったりと、母と自分は仲のよい親子だったと思う。

『碧ちゃん、卒業おめでとう！　お祝いに桜屋さんでケーキ買ってきちゃった』

『お祝いって、なにこれ。お母さんの好きなものばっかり』

『だっていろいろ見てたら、ぜんぶ食べたくなっちゃってねー』

楽しそうに笑っていた母が亡くなったのは、それからわずか十日後のことだった。

忙しい仕事に就いていたので家事は協力していたが、料理だけはどうにも好きになれなかった。だから碧はいつも、キッチンに立つ母の背を見ていることしかできなかった。

母はしかたがないわねと苦笑しながらも、嫌がることなく自分と父のための食事を毎日つくってくれた。亡くなるその日まで、ずっと。

その母がもういないなんてまだ信じられないし、認めたくない。

だけどこれはまぎれもなく現実で、亡くなった人はもう、二度と帰ってはこないのだ。

「その小料理屋のお兄さん、なんかすっごく世話好きみたいでねー。スープつくってくれたりご飯を食べろって迫ってきたり、おいしそうにおにぎり食べたりする人で」

遺影に話しかけながら、碧は大樹の顔を思い浮かべた。

昨日はいろいろと迷惑をかけてしまったわけだし、あらためてお礼をしたほうがいいかもしれない。父には「念のため、今日は家で休んでいなさい」と言われたけれど……。

(少しなら外に出てもいいよね？　近所だし)

碧は小さなバッグに財布とスマホを押しこんで、マンションをあとにした。

空はきれいに晴れていた。まだ五月だというのに汗ばむような陽気で、通りの脇に植えられた街路樹の梢《こずえ》が、さわやかな風に揺れている。

準備中という札が下げられた店を素通りして、まずは駅に向かった。碧が住んでいるのは東京都心から離れた二十三区外に位置する市だが、複数の路線が乗り入れする駅は大きなショッピングビルが建っていて、そこそこにぎわっている。

駅ビルに入った碧は、玉木家が贔屓《ひいき》にしている和菓子屋でどら焼きの詰め合わせを購入した。買い物を終えると歩いてきた道を引き返して「ゆきうさぎ」をめざす。ふたたび店の前についたときには十一時を過ぎていて、札の代わりに暖簾が下がっていた。

格子戸に手をかけた碧は、おそるおそる戸を開ける。

「こんにちはー……」

「いらっしゃい」

大樹は昨夜と同じような服装に紺色のエプロンをつけ、厨房で里芋の皮を剝《む》いていた。

「ああ昨日の。体調はよくなったか？」

「はい。ゆうべはご迷惑をおかけしました」

「今日はどうした。忘れ物か？」

「いえ……」

開店して間もないからか、店内にはまだお客がいなかった。中に入った碧はカウンターに近づくと、包装紙にくるまれた箱を大樹に向けて差し出す。

「あの、これ昨日のお礼です」

目をしばたたかせた大樹は「気をつかうことないのに」と言ったが、断ることなく箱を受け取ってくれた。

「ありがとな。ちなみに中身は？」

「どら焼きです。あ、和菓子って好きですか？　今さらだけど……」

「甘いものならだいたいイケる」

大樹が微笑んだとき、戸が開いた。作業着姿の中年男性が姿を見せる。

「大ちゃん、今日は蒸し暑いねー」

肩にかけたタオルで汗を拭きながら入ってきた男性は、「疲れたよー」と笑ってカウンター席の椅子に腰かける。すかさず大樹が冷たいお茶とおしぼりを出した。

「お疲れ様です。ご注文は?」

「いつものね。あとアレ」

「わかりました」

碧にはわけがわからなかったが、大樹にはそれで通じたらしい。

彼はまず、琺瑯《ほうろう》製の糠床《ぬかどこ》からナスを一本ひっぱり出した。表面のぬかを落としてきれいに切り分け、小皿に盛る。

調理台の上には水を張ったボウルが置いてあった。中から取り出されたのはレバーのかたまり。水につけることで臭みをとっていたようだ。

大樹はレバーをひと口大に切り分けて下味をつけ、油でさっと揚げる。あらかじめ下処理がされていたニラやモヤシと合わせて中華鍋で炒めれば、気がついたときには料理ができあがっていた。

まったく無駄のない動き。その手際のよさに見とれてしまう。

「お待たせしました」

レバニラ炒めとお漬け物。

それはまさしくお客が求めていたもののようだった。炊き立てのご飯をよそったお茶碗と一緒に出された料理を、お客は嬉《うれ》しそうな表情で食べはじめる。

（おいしそう……）

「――ところで大ちゃん」

ごくりと唾《つば》を飲みこんだとき、大樹と昨日のプロ野球の話で盛り上がっていたお客が碧に目を向けてきた。

「さっきから突っ立ってるあの子、何？　新しいバイトさん？」

帰るタイミングを失っていた碧に、お客の怪訝そうな視線が突き刺さる。

「だったらよかったんですけどね。知り合いの娘さんですよ」

「ふーん？　ミケちゃんが辞めてから十日くらいだっけ。ひとりじゃ大変だろ」

（ミケちゃん？）

一瞬、二足歩行でせっせと働く猫の姿が浮かんだが、そんなはずはないだろう。

大樹は「そうですね」と宙をあおいだ。

「昼間の営業もはじめたし、辞められたのは痛かったですよ。まあ、めでたい理由だからしかたないですけど」

「新しい子、募集してないの？」

「してますけど、時給が安いですからね。なかなか」

「賄《まかな》いは出してやるんだろ？　悪い条件じゃないと思うけどなー」

「それで食いついたのはミケさんくらいでしたよ」

そうこうしているうちに次のお客が入ってきたので、碧は大樹とお客に会釈《えしゃく》をしてから店を出た。強い日差しが照りつける道を、ゆっくりと歩きはじめる。

――バイトかぁ……。

大樹たちの会話が頭の中で繰り返される。時給がいくらなのかは知らないが、賄いというひとことは魅力的だった。

コンビニ弁当やスーパーのお総菜には、未だに食欲が湧かないけれど。

(雪村さんのつくったご飯なら、もう一度食べてみたい)

そう思ったとたん、お腹が大きな音を立てた。

足を止めた碧は腹部を押さえた。空腹という感覚がふたたびよみがえる。

バイトなんてしたことがない。でも、これはいい機会かもしれないと思った。このどうしようもない状況を打開するための大きなチャンス。

しばらくその場に立ち尽くしていた碧は、踵《きびす》を返して走り出した。

思い立ったら吉日。善は急げだ。

「――あの!」

格子戸を勢いよく開くと、大樹とお客の視線がいっせいに向けられた。

「またあんたか。今度はなんだ」

「雪村さん、わたしをバイトに雇ってください！」

「え？」

「雪村さんのご飯が食べたいんです！」

ずばりと言い切った碧は、あっけにとられる大樹の正面の席に腰かけた。

恥ずかしさに顔から火が出そうだったが、撤回するつもりはない。熱くなった顔をお品書きで隠した碧は、鳴り響くお腹をなだめつつ、「それから」と続けた。

「レバニラ炒め、ひとつください……」


とつぜんの申し出にもかかわらず、大樹は碧をバイトとして採用してくれた。

そして、働きはじめてから六日目のこと――

「ごめんなさい！」

カウンターの上に置いてあった湯呑《ゆの》みをうっかり倒してしまった碧は、近くに座っていた女の子のもとで膝をついた。幸いお茶は冷たかったので火傷の心配はなかったが、膝上丈のプリーツスカートがぐっしょりと濡《ぬ》れてしまっている。

「どうしよう。スカートが……」

おろおろする碧をよそに、少女は平然とした表情でバッグからハンカチを取り出した。

厨房にいた大樹が乾いたタオルを差し出す。

「星花《せいか》、大丈夫か？」

彼女は怒るそぶりも見せることなく、「へいきへいき」と明るく笑った。

「別に熱くないし。まあちょっと気持ち悪いけど」

「ごめんなさい……」

「えっと、玉木さんだったたっけ。そんな顔しないでよ。なんかあたしがいじめたみたいじゃん？」

星花は困ったように首をかしげながら、うなだれる碧に軽い口調で言う。

紺色のブレザーに、襟元にはスカートとおそろいのタータンチェックのリボン。都内の私立女子高校の制服を身に着けた星花は、碧の母が通っていた桜屋洋菓子店の娘だった。

百七十近くありそうな長身に、さっぱりとしたショートカットがよく似合う。大樹の妹分のような存在で、部活帰りにときどき「ゆきうさぎ」をおとずれては、お小遣いが許す限り大樹の料理を平らげていくらしい。

「気にしないでー。うち、すぐ向かいだしさ。替わりのスカートもあるから」

どれだけひどい顔をしていたのか、年下の女の子に気づかわれてしまい、碧は情けなさにますます首を縮めた。

「はあ……」

働くというのは、思った以上に大変だ。

閉店後、碧が座卓の上に突っ伏していると、厨房のほうから気配が近づいてきた。

「何してるんだ、タマ」

「落ちこんでるんですよー……」

頭を上げる気力もなく、くぐもった声を返す。

「雪村さんもあきれたでしょ？　こんな役立たず雇っちゃって」

「あの程度でやさぐれるな。雇えと言ってきたのはタマのほうだろ」

タマというのは碧のあだ名で、いつの間にかつけられていた。以前この店で働いていた人が「ミケ」で自分が「タマ」なのは複雑な気分ではあるけれど、嫌ではなかったので普通に受け入れている。

「気持ちはわかるけど、いいかげんに顔上げろ」

「……」

「賄い引っこめるぞ」

「嫌ですごめんなさい」

碧が顔を上げると、お盆を手にした大樹がにやりと笑って見下ろしていた。

先に座卓を拭けと言われ、渡された濡れ布巾で拭いていく。きれいになったその上に、大樹はお茶碗や小鉢といった食器を並べていった。

「あの……さっきはほんとにすみませんでした」

「そのセリフ、何回言えば気がすむんだ?」

「だって……」

「だっては聞かない」

いつものように向かいの席に座った大樹は、しょんぼりする碧に向けて、雑穀米《ざっこくまい》を炊き込んだご飯が入ったお茶碗を押し出した。

「しかたないだろ。働くこと自体がはじめてなら、失敗して当たり前だ」

何度ミスをしても、大樹は頭ごなしに叱ったりはしなかった。碧が何かをしでかすたびに、その都度《つど》フォローを入れてお客にあやまり、どうすればよかったのかを丁寧《ていねい》に教えてくれる。

「雪村さんもはじめは失敗しましたか?」

「そうだな。タマがやらかしたことならひと通り」

「でも雪村さんなら、わたしよりは上手に切り抜けられたと思うけどな……」

お茶碗を手にした碧は、力なくご飯を口に運んだ。

大樹は碧を一人前にするために、大事に育てようとしてくれる。その思いに応《こた》えたいのに、なかなかうまくいかない自分がもどかしい。

お品書きを覚えるだけでもひと苦労だが、お客を相手にすることのむずかしさを、碧はこの数日で嫌というほど思い知っていた。早口で注文され、何度も聞き返せば不機嫌にさせてしまうし、注文品を間違えて「何やってんだ」と怒られたこともあった。勘定の際も焦れば焦るほど緊張する。

そして今日は、早く運ばなければと焦るあまりにつんのめって、揚げたての山菜天ぷらをお盆ごとひっくり返してしまった。その上に星花の事件だ。

「なんだか働いてるっていうよりも、迷惑かけに来てる気がする」

「なに言ってるんだ。こっちは助かってるのに」

「え」

「掃除とか片づけとか買い物とか、こまごましたこと手伝ってくれるだろ？　あれ、けっこう助かるんだよ」

「……」

「接客はおいおい、覚えていくだろ。一カ月もすればある程度は慣れる」

こういうとき、大樹はさりげなく碧をはげましてくれる。その心づかいが嬉しかった。

「箸、止まってるぞ。もういいのか？」

「まだ食べはじめたばっかりですよ」

碧が働き出してから、大樹は閉店後に賄いを用意してくれる。

その日に出した料理の売れ残りがほとんどで、食材が残った場合はそれを使って新しいものをつくってくれるときもあった。賄いはふたりで一緒に平らげるのだが、大樹が目の前にいると不思議と食が進む。

（すごくおいしそうに食べるからかな？）

碧がじっと見つめる先で、大樹は自家製味噌を使ったナスの田楽《でんがく》を嚙みしめている。端整なその顔がこれほどゆるむのは、食事をしているときだけだ。

「雪村さんってナスが好きなんですか？」

「野菜の中では一番だな」

やっぱり、大樹が食べているものはなんでもおいしそうに見えるのだ。そして碧はいつも、その気持ちのいい食べっぷりにつられてしまう。

家ではあいかわらず食べる気力が湧かなかったが、ここで栄養が摂れるので、サプリに頼る回数は減らしている。まだ一度にたくさんは食べられないけれど、食事量は日を追うごとに少しずつ増えていた。

碧のお皿がきれいに空になると、大樹は満足そうにうなずいた。

「よし。これなら順調に太るな」

「なんですかそれ。雪村さん、わたしを太らせたいんですか?」

「タマは痩せすぎなんだよ。もっと肉を食え」

そう言われては反論ができない。碧は黙って豚の角煮を頬張る。

何度口にしても、やっぱり大樹の料理はおいしかった。

「――痩せすぎといえば」

食事のあと、厨房に入って食器を洗っていると、隣で明日の仕込みをしていた大樹が話しかけてきた。

「玉木さん……タマのお父さんのことだけど、あの人大丈夫なのか?」

「大丈夫って?」

「タマを迎えに来たとき、久しぶりに見たって言っただろ」

削《けず》り鰹《がつお》で出汁《だし》をとり、醤油にみりんを加えて天つゆをつくっていた大樹が、目だけを動かして碧を見る。

「忙しい仕事なのは知ってる。前にうちに来たときはそれでも元気そうだったけど、少し見ないうちに痩せてたし、顔色も悪かったから気になってさ」

「え……」

虚をつかれた碧に、大樹は静かな口調で訊《き》いてきた。

「あの人、ちゃんと飯食ってるか？」

『最近、ちゃんとご飯食べてるのか？』

大樹の言葉が、いつかの父の問いかけと重なる。

泡だらけのスポンジを握りしめながら、碧は父の姿を思い浮かべた。

父とは生活時間が合わないので、一緒に食卓につくことはほとんどない。母が亡くなるまでは、玉木家の食事の管理はきちんとされていたけれど。

父は碧の食事量を知らない。そして碧もまた、父がどれだけの食事をとっているのかを知らなかった。大樹のひとことで、その事実に気づかされる。

「うちの父、そんなに痩せてました？」

「病的とまではいかないけど、げっそりしてるとは思った。見た目だけじゃなくて」

「精神的にも、ってことですか？」

大樹は沈黙したが、その表情が何よりの答えだった。

一緒に働いてみてわかったことだが、大樹はお客の機微に敏感だ。常連客ともなると雰囲気や表情、会話などから些細《ささい》な心の変化を読み取っていて、接し方に気をつかっているようだった。

女将亡きあとの「ゆきうさぎ」に今も通っているお客は、料理の味だけではなくそんな大樹の人柄も気に入っているのだと思う。

その彼が言うのだから、父が精神的に疲れているというのは事実なのだろう。

「気づいてなかったたか」

「はい……」

「少し気にしてやったほうがいいかもな。家族が亡くなってつらい思いをしてるのは、タマだけじゃないんだから」

大樹の言葉は、碧の心にずしりと響いた。

自転車を漕《こ》ぎ、マンションの三階にある自宅に帰りついたとき、時刻は深夜の零時を過ぎていた。玄関には父の革靴がきれいにそろえられており、廊下の奥のリビングからは明かりが漏《も》れている。

碧が「ゆきうさぎ」で働き出してから、父は帰宅が早い日でも娘が帰ってくるまでは眠らずに待っていた。だからなんの疑問も持たずにリビングに向かう。

「ただいま」

ドアを開けると、ソファに座ってウイスキーの入ったグラスをかたむけていた父が顔を上げた。その表情がこわばっているように見えて、違和感を覚える。

いつもは微笑みながら「おかえり」と答えてくれるのに。

「碧、ちょっと来なさい」

呼び寄せる声も硬い。嫌な予感がしたが逃げるわけにもいかず、碧はおとなしく父のもとに近づいた。

「――これ、碧のものだろう」

父の視線の先には、ガラス製のローテーブル。その上に散乱していたサプリメントの袋や小瓶を見たとたん、しまったと思った。

(片づけるの忘れてた……！)

今の自分にはさすがに多すぎるので、バイトに行く前に選別して、不要なものは処分するつもりで広げていた。しかし出勤時間が迫り、あわてて支度をしているうちに忘れてそのまま家を出てしまったのだ。

「ぜんぶ、封が開いてるね。二、三種類なら何も言うつもりはなかったけど、ひとりで飲むにしては多すぎだ」

「……」

「普通に食事をしていたら、これだけの量を飲む必要なんてどこにもないよ」

どういうことなんだと、父の視線が問いかけてくる。

不意打ちに言い訳が見つからず、碧はただうつむくしかなかった。

答えを聞かなくても予想はしていたのだろう。長い沈黙のあと、父は額を押さえながら苦しそうな声で言った。

「……ご飯、食べてなかったんだな。いや、食べられなかったのか」

「ごめんなさい……」

「おかしいとは薄々思ってたんだ。誰にも言えなくてつらかっただろう」

もっと早く気がつくべきだったとうなだれる姿を見て、碧は自分がどれだけ父を心配させてしまったのかを思い知った。

父は責めているのだ。娘の異常に気づくのが遅れた自分のことを。

「お父さん」

その場にしゃがみこんだ碧は、父のYシャツの袖を握りしめた。

何か言わなくては。父を安心させてあげられるようなことを……。

「あのね、お母さんが亡くなってから、食欲が湧かなくなったのはほんとだよ。でも今は大丈夫だから。少しずつ食べられるようになってるから」

「でも」

「雪村さんがつくってくれる賄いだけは、おいしく食べられるの。ほかのものはまだ味がしないけど……。雪村さんのご飯なら一度に食べられる量も増えてきてるし、いつかは元に戻れるんじゃないかな」

嘘ではない。だから不要になったサプリを処分しようとしたのだ。

できることなら知られたくはなかったけれど。

「サプリの量も減らしたし、悪い方向には行ってないから」

「けど精神的な問題だし、カウンセリングにでも通ったほうが」

「もうそこまでひどくないよ。これからは家でご飯もつくってみようかなって思うし」

「本当に……?」

父は碧の真意をさぐるような目で、じっと見据えてくる。

視線をそらすことなく見つめ返すと、父はやがて「わかった」と言った。

「だけどもし何かあったら、我慢しないでなんでも言うんだよ。それだけは約束して」

うなずくと、父はようやくかすかな笑みを浮かべた。

張りつめていた空気がやわらいでいくのを感じて、碧はほっと胸を撫で下ろす。

「じゃあ、そろそろ寝ようかな。お風呂沸《わ》かしてあるから入っておいで」

父は空のグラスを手に立ち上がり、寝室に引き上げようとする。

普段ならここで「おやすみ」となって、会話は打ち切られるのだけれど。

『少し気にしてやったほうがいい』

大樹の忠告を思い出した碧は、さりげなさを装って話しかけた。

「ねえ、お父さん」

「ん?」

とりあえず呼び止めたものの、何を話していいのかわからない。

困っていたとき、トートバッグの中に入れてあった存在を思い出した。バッグに右手を突っこんで中をさぐる。

「これこれ。さっき、雪村さんにもらったの」

取り出したのは、手のひらにのせられる程度の大きさのガラス瓶。中は黄みがかった橙《だいだい》色で満たされている。

「夏みかんのジャムだって。手づくりの」

「へえ……。大ちゃんはなんでもつくれるんだなぁ」

碧の手からひょいと瓶を取り上げた父は、しげしげとジャムを見つめている。

そんな父の顔を間近で見上げた碧は、小さく息をのんだ。

父親の顔を見つめるなんて、めったにしたことがない。だけど今、こうしてよく見てみると、たしかに以前よりも頬がこけて瘦せている。

元から肉付きはあまりよくなかったが、今は顔色も青白いせいで余計に頼りない。疲れ切ってやつれた姿は年齢よりも老けこんで見えた。

(白髪も増えたかも……)

そう思うと、胸がきゅっと締めつけられる。

「……お父さん、瘦せたね」

「そうかな？　あ、でも大ちゃんにも同じこと言われたっけ」

「病気とかじゃないよね？」

「ああ、心配させてごめん。それは問題ないから大丈夫」

父は碧の物言いたげな視線を受けて、気まずそうに口ごもる。

「まあその……白状するとちょっと最近、食欲があんまり湧かなくて。碧のことをあれこれ言えないね」

その言葉を聞いたとき、碧はぐっと下唇を噛みしめた。

それはいつから？　たぶん、自分と一緒だ。

母を喪《うしな》ったショックで碧が食欲を失くしてしまったようなことが、父の身にも起こっているのかもしれない。そのうえ仕事の忙しさも重なって、疲労が増しているのだろう。

気づくのが遅れたのは、碧が自分のことしか考えていなかったからだ。ほかのことに気を配る余裕がなく、いろいろなものを見逃していた。生活時間が違うとはいえ、一緒に暮らしているというのに。

――もっと早く気がつくべきだった。

父が抱いた後悔が、そのまま自分に跳ね返ってくる。

「ジャムってどうやってつくるんだろうね」

不思議そうな父の声で、碧は我に返った。

「お母さんもときどきつくってたよなぁ……」

その声音《こわね》がわずかに震えていて、思わず泣きそうになったけれどなんとかこらえる。

いつもおだやかで優しい父は、母の葬儀のあと、遺影の前で声を殺して泣いていた。それまでは涙ひとつ見せることなく気丈にふるまっていたが、すべてが終わったことで張りつめていた糸が切れてしまったのかもしれない。

二十年も連れ添った人を喪った悲しみは、どれほどだったのだろう――そのときは見ないふりをしたけれど、碧にとっての母のように、父にとっての母もかけがえのない人だったのだ。

「……なんかね、最近いろんな果物でジャムをつくるのがマイブームなんだって。つくりすぎてひとりじゃ食べきれないから、常連さんたちに配ってるらしいよ」

「大ちゃんの癖《くせ》だね。何かにはまると、必ずつくりすぎるんだよ」

思い当たることがあるのか、父が小さく笑った。

「焼きたてのパンに塗って食べるのが一番おいしいみたい。だから明日……じゃなくて今日か、わたしが朝ご飯つくるから、一緒に食べない?」

父は軽く目を見開いた。

「それは嬉しいけど……朝は六時過ぎには家を出たいから、五時起きだよ?」

「え、なんでそんなに早いの」

「ちょっと今、急いでデータを取りたい実験があって……」

だから無理をしなくていいと言われたが、ここで引き下がるつもりはない。

「目覚ましかけて、頑張って起きるから。何かリクエストがあったら聞くよ。って言ってもむずかしいものはできないけど」

「リクエスト？　うーん……碧がつくってくれるならなんでも食べるよ」

少し照れたような表情で眼鏡を押し上げた父は、そう言って部屋に戻っていった。

残された碧は椅子に腰かけると、ふうっと大きく息を吐き出す。

（お父さんとこんなに長く会話したの、すごく久しぶりな気がする……）

くすぐったいが気分はよかった。これもきっかけをくれた大樹の差し入れのおかげだ。

そうと決まれば、すぐにお風呂に入って眠ろう。朝は早いのだから。

「五時起き五時起き」

口の端を上げてつぶやきながら、碧はどこかはずんだ足取りでバスルームに向かった。


二日後の土曜日。十七時になる少し前に、碧はバイトに行くため家を出た。

駅前商店街のはずれに位置する「ゆきうさぎ」の営業時間は、十一時から十四時までのランチタイムと、十八時から二十三時までのディナータイムに分かれている。

店の近くには駅ビルを筆頭に、小さな会社や事務所が入った建物も多い。平日は昼夜どちらも営業しているが、土日は近所に住む常連客のために、夜だけ店を開けていた。

「おはようございます！」

「ああ、おはよう」

碧が出勤したとき、大樹は建物の外に出ていた。店の外壁に寄りかかり、携帯灰皿を片手に一服している。

「禁煙めざしてるって言ってませんでしたっけ」

「本数は減らしてる。今は一日これだけ」

三本の指を碧の前につきつけた大樹は、そう言って灰皿に煙草《たばこ》を押しつけた。

大樹と一緒に店に入った碧は、まずは厨房の奥にある小部屋に向かう。

仕事時は特に決まった制服はなく、動きやすい格好ならなんでもいいと言われている。今日はボーダー柄の長袖カットソーにハーフパンツ、足下はスニーカーだ。

スタッフルームとして使われている四畳半の和室で、ハンガーにかけていたエプロンに手を伸ばす。大樹のお下がりのエプロンは古い上にデザインもそっけなく、サイズも大きい。それでも身に着けていると不思議と愛着がわいてくる。

エプロンをつけて掃除用のモップを手にした碧は、床を磨きながら大樹がいるはずの厨房に近づいていった。

「あの、ちょっと聞きたいことがあるんですけど」

「なんだ?」

厨房の隅にしゃがみこんでいた大樹は、こちらをふり向くことなく一心不乱に糠床をかき混ぜている。一日一回は空気を通すために手入れをする必要があるらしい。

「うちの父、ここの常連ですよね？」

「何を今さら」

「なら雪村さん、父の好物とかわかります？　知ってたら教えてほしいんです」

「玉木さんの好物？」

顔を上げた大樹が、怪訝そうな表情を向けてくる。

「それ知ってどうするつもりだ」

「もちろん、つくるんですよ」

それは昨日の朝、父と朝食をとったときに、ひそかに決めたことだった。

「おととい雪村さんにもらったジャム、すごくおいしかったです」

「ジャム……。タマにやったの、何味だったかな」

どうやらいろいろな人に配りすぎて、誰に何をあげたのかを把握できていないようだ。首をかしげる大樹に「夏みかんですよ」と教える。

「トーストしたパンにたっぷり塗って食べたんですけど、父も気に入ってました。手づくりっていいなーって」

「玉木さん、パンより飯のほうが好きだろ。それでも気に入ってくれたのか？」

「だからすごいんですってば。——で、その顔見てたらわたしも何かつくってあげたくなったんですよ。父の好きな和食がつくれたら、もっとよろこんでくれるかなって」

「へえ……?」

「正直に言っちゃうと、今まで料理なんてほとんどやったことないんですけどね。でも父の様子を見てたら、わたしが何かしてあげないとって思って」

母が亡くなった今、父の体を気づかうことができるのは自分しかいない。

それに自分の手でつくったものなら、手間がかかったぶん、少しは味を感じられるのではないだろうか。

「玉木さんといったら……」

あれしかないなとつぶやいた大樹は、容器の蓋《ふた》を閉めて立ち上がった。ぬかまみれの手を水道で洗い流すと、ちょいちょいと碧を手招きする。

「なんですか?」

「先に手を洗って」

頭の中に疑問符が浮かんだが、言われた通りに手を洗う。その間に、大樹は調理台の上にじゃがいもやニンジン、タマネギといった根菜を置いていった。

「次は野菜を洗って皮を剝く。指は切らないように気をつけて」

わけがわからないまま、碧は包丁を握りしめた。慣れない手つきで皮を剝きはじめる。

「う……。すみません、皮が分厚くなっちゃった……」

「それでもいいから。焦らなくてもいい」

悪戦苦闘する碧の隣で、大樹も同じ作業をはじめた。碧とは比べものにならないような手際のよさで、するすると皮を剝いていく。

なんとか野菜を剝き終えると、今度は切り分ける作業に入った。じゃがいもは変色を防ぐために水にさらし、ニンジンとタマネギはまな板の上にまとめる。

「芋とニンジンは面取りしとけよ。煮崩れしにくくなるから」

下準備を終えると、油をひいた鍋で具材を炒め合わせる。

まずはタマネギ。油をなじませながらじゃがいもやニンジン、牛肉を加えて軽く炒め、先に茹でておいたしらたきを合わせる。彩り用の絹さやは別の鍋で茹でられていた。

そのあとは炒めた具材に、きちんと計量した出し汁と調味料を加えて煮はじめる。

落とし蓋をして煮込まれている鍋を見つめながら、碧は口を開いた。

「……これ、肉じゃがですよね？」

「そう。玉木さんの好物」

「そういえばわたしを迎えに来てくれたとき、肉じゃがのこと言ってましたね」

「あの人、和食の中でも特に煮物が好きみたいだな。だから奥さんもいろいろつくってくれたって聞いたことがある」

「言われてみればうちの夕食、わりと煮物が多かったかも」

子どものころは和食ばかりの食卓が不満で、母に文句をつけたこともあった。嫌なら食べるなと言われてケンカになり、お互いに何日も口をきかなかった。

(そりゃ怒るよね……。料理をするのって、こんなに手間がかかるんだもん)

数日後に仲直りをしたとき、夕食に出たのは碧の好物だった。大きめに切った野菜と家計に優しい豚コマ肉をたっぷり使い、市販のルーを何種類も混ぜ合わせてじっくり煮込まれた、素朴な母の手づくりカレー。

おいしい。そしてありがとう。もっと言ってあげればよかった。自分のために誰かが食事をつくってくれるのは、当たり前のことなんかじゃなかったのに。

「肉じゃが、タマはつくるのはじめてか?」

お玉で煮汁をすくい、小皿に移しながら大樹がたずねてくる。

「はい。思ってたより大変なんですね」

「何回かやってみればコツもつかめるだろ。そんなにむずかしいものでもないしな」

「簡単なほうなんですか？　これで……」

うわあと思いながら、碧は大樹に渡された小皿に口をつけた。

賄いで食べたことがある「ゆきうさぎ」の肉じゃがは、優しい甘さがあって具材のすみずみまで味が染み渡っている。定番中の定番ではあるが、だからこそお品書きの中ではもっとも人気が高かった。

煮物好きの父をもうならせる味。父がこれを求めて通っていたのも納得だ。

その肉じゃがのつくりかたを直接教えてもらえるなんて、またとない機会だと思う。

「でもちゃんと覚えられたかなぁ。メモもしなかったし……」

「肉じゃがは一日に二、三回はつくるから、そのときにまたやってみればいい」

「そっか。わたし、父にはおいしいものを食べて元気になってほしいんです。だからちゃんとつくれるようになるまで教えてもらえませんか？」

「………」

「迷惑じゃなければ、ですけど……」

おそるおそる大樹の顔を見上げると、彼はほんの少し口角を上げた。「迷惑だったら最初からこんなことしない」と答える。

「覚えるまで教えるから、頑張ってお父さんに美味いもの食べさせてやれよ」

「――はいっ！」

どこかなつかしい、醬油の香りがただよう店内に、碧の溌剌《はつらつ》とした声が響き渡った。


週が明けた月曜日。早朝六時二十分。

――こんなものかな。

すべての準備を終えた碧が食卓を見回したとき、ガチャリとドアが開く音がした。

「おはよう、お父さん」

「おはよう……？」

朝刊を手にダイニングにあらわれた父は、テーブルに並べられたご飯茶碗やお皿、味噌汁用のお椀《わん》を見て目を丸くする。

「朝ご飯つくったから、一緒に食べよ？」

並んでいるのは炊き立ての白いご飯に、豆腐と油揚げを入れたお味噌汁。キュウリとワカメの酢の物と、大樹から教わった肉じゃがだ。昨夜、父が眠ってからキッチンでこっそり煮込み、ひと晩冷まして味を染みこませた。

席に着いた父は、嬉しそうな表情でテーブルを見つめながら箸をとる。

「碧がつくってくれたのかぁ……。肉じゃがもあるんだね」

「お父さんの好物なんでしょ？　雪村さんから聞いたの」

「煮物はなんでも好きだよ。でも肉じゃがは久しぶりだな……」

父がじゃがいもを箸で割り、ゆっくりと口に入れるのを、碧は固唾《かたず》をのんで見守った。

自分が料理したものを誰かに食べてもらうというのは、思った以上に緊張する。

「味……どう？」

「うん、ちょうどいい感じでおいしいよ。上手にできたね。見た目もきれいだし」

「なんたって雪村さん仕込みだからね」

ひさびさに見た父の明るい顔に、こちらも嬉しくなってくる。父がよろこんでくれるのなら、料理をするのも悪くはないなと思った。

「毎日は無理かもしれないけど……」

「？」

「朝ご飯、これからはできるだけつくるようにするね。お母さんみたいに手が込んだものはまだつくれないけど、ちょっとずつでも覚えていくつもり。だから……」

碧はもごもごしながらうつむいた。いざ言葉にしようとすると、なんだか照れくさい。

でもどれだけ恥ずかしくても、自分の思いはきちんと伝えなければ。

言葉を探していると、父がふっと笑う気配を感じた。

「一緒に食べようか。今みたいに」

「……うん」

「楽しみだな」

どうやら碧の気持ちはちゃんと伝わったようだった。食事はひとりよりも、ふたりでとるほうがずっといい。

そして、ご飯を食べながら話をしよう。くだらないことでもいいから。

「碧、お代わりくれるかな」

「ちょっと待ってね」

空になった茶碗を受け取った碧は、お代わりをよそうためにいそいそと立ち上がった。


大学の講義を終え、家に帰った碧は仏壇の前に座った。いつものように母の遺影に向けて手を合わせる。

「お母さん、ただいま。でもこれからまた出かけるんだけどね」

今日は朝から雨が降っていた。マンションを出た碧はお気に入りの傘を差し、歩いて

「ゆきうさぎ」に向かう。

「武蔵！　雨宿りしてるの？」

店の軒下《のきした》に座る猫を見つけた碧は、腰をかがめて話しかけた。自分を助けてくれたというその野良猫は、碧を一瞥《いちべつ》しただけで、つれなく視線をそらしてしまう。

(やっぱり可愛くない……。そこがいいんだけど)

気がつけば、碧が「ゆきうさぎ」で働くようになってからひと月がたとうとしていた。最初はきつかった仕事にもようやく慣れ、余裕も生まれはじめている。

「梅雨《つゆ》って湿気が多くて、ベタベタしてて嫌ですよねー。髪もうねるし」

店の中に入った碧がまとまらない髪を押さえていると、大樹が厨房から出てきた。

「タマ、少し太ったか？」

「あ、わかります？　最近は家でも普通に食べられるようになってきたんですよ」

「よかったな。この際だから、あと十キロくらいは増やしとけ」

「十キロは多すぎです！」

からかうように笑った大樹は、手にしていたガラスの器を差し出した。

清潔だけれど無骨な手。器に入っていたのは、その手から生まれたとは思えないほど愛らしい、うさぎの形に剝かれた林檎《りんご》だった。

「可愛い……けど、似合わない」

「せっかく剝いてやったのに、そんなこと言うならお預けだな」

「ごめんなさい欲しいです！」

碧が手を伸ばすと、大樹は「最初からそう言えよ」と微笑む。

――この人のそばで働くのは、いろいろな発見があって楽しい。この場所で、まだ自分が知らない大樹の姿をもっとたくさん見てみたい。

「雪村さん」

「ん？」

「わたし、頑張りますから。これからもよろしくお願いします」

碧の言葉を受けて、両目を瞬かせた大樹の口角が楽しげに上がっていく。

「……そう言ったからには、簡単には辞めさせてやらないぞ」

「望むところですよ」

笑顔でかじったうさぎの林檎は、梅雨の憂鬱《ゆううつ》を吹き飛ばすように爽《さわ》やかで、ほんのりと甘酸っぱい味がした。

第2話　9時59分の思い出プリン

「昨日、父と鰻《うなぎ》を食べに行ったんですよ」

炎天下の七月下旬。

強い日差しが照りつけ、蟬《せみ》の鳴き声が響き渡る午前中、碧《あおい》は「ゆきうさぎ」の裏にある母屋《おもや》に接した広い庭の中にいた。地面の上にしゃがみこみ、右手でボウルに入った大粒の梅をつまみ上げる。

「夕方の六時ごろだったかな。電話がきたんです。仕事がはやく終わったから、外で夕飯にしようって。せっかくだから贅沢《ぜいたく》して、駅ビルのちょっと高級なお店で」

ブロックを積み上げた土台の上には、大きな丸い竹ザル。その竹ザルの上に、くっつかないようひとつひとつ、間を空けながら丁寧《ていねい》に梅を置いていく。

『梅、そろそろ干すか』

碧がいまここにいるのは、数日前に大樹《だいき》がそんなことをつぶやいたからだ。

ひと月前、大樹は親戚の農家から送られてきたという紀州梅を、粗塩と消毒用の焼酎《しょうちゅう》を使って自己流に漬けていた。去年までは女将《おかみ》が自作していたが、今年は試しに自分でつくってみるそうだ。

六月ごろに収穫された梅は下準備を終えたのち、「土用干し」という言葉の通り、梅雨《つゆ》が終わって晴天が続くちょうどこの時期に、三日間ほど干すのが基本だという。

漬け物に味噌《みそ》、ジャムに梅干し。

大樹はその気になればなんでも自分でつくってしまう。「食べることが好きだから、つくるのも楽しいんだよ」とは本人の言葉だ。

『定休日だけど、見に行ってもいいですか？　お手伝いもしますから』

『そんなに面白いものでもないぞ』

『でも気になるし……。やっぱり見てみたいなぁ。だめですか？』

『まあいいけど、来るなら帽子かぶってこいよ。外でやるから』

あいにく夏用の帽子は持っていなかったので、碧はクローゼットの奥から亡き母が愛用していたストローハットをひっぱり出した。むき出しの腕やスカートから伸びる足には防御力の高い日焼け止めを塗《ぬ》りたくり、サンダルを履《は》いて元気よく家を出た。

「鰻か。夏バテ対策にはいいな」

帽子代わりの手ぬぐいを頭に巻き、碧の隣で梅を並べていた大樹が、顎《あご》からしたたり落ちる汗を肩からかけたタオルで拭《ぬぐ》い取った。

黒い半袖《はんそで》のTシャツから伸びる腕は、当然だが碧のものとはまったく違う。一見すると細身だが、十代のころは弓道場に通っていたというだけのことはあって、上半身にはしなやかな筋肉がついている。腕力も意外にありそうだった。

「美味《うま》かったか？」

「そりゃもうおいしかったですよ！　脂がのって、身もふっくらしてて。鰻重だったんですけど、蒲焼《かばやき》のタレがわたし好みの甘辛で、それが絡んだあったかいご飯がまた絶妙のおいしさで……って、こんなこと言ってたらまた食べたくなってきちゃった」

　家族三人で外食をしたことはあっても、父とふたりだけというのは昨日がはじめてだった。家の食卓で向かい合うときとは違った照れくささを感じたが、つくりたての鰻重を口にしたとたん、そんな気分はあっさり吹き飛んでしまった。

「ふたりして、あっという間に完食ですよ。おいしかったなあ」

　少し前まで親子そろって食欲を失くしていたとは思えない勢いで、碧と父は鰻重を平らげていた。朝食を一緒にとるようになってからは父の食事量も増え、今ではふたりで食後のデザートを楽しめるほどにまで回復している。

「そんな顔してるとよだれが垂《た》れるぞ」

「えっ!?」

　思わず口元に手をやると、大樹は「冗談だよ」と言って笑った。

「変なこと言わないでくださいよ。焦ったじゃないですか……」

「本気にするからだろ？」

大樹はときどき、不意打ちで軽口を叩いてくることがある。怒るべきか拗《す》ねればいいのか、それとも打ち解けられて嬉《うれ》しいと思えばいいのか。複雑な気分だ。

――まあ、なんていうか……。正直に言えば、嫌じゃない。

「先週だったか。タマが休みのときに来てたな、玉木《たまき》さん」

「あ、もしかして金曜かな？　酔っぱらって帰ってきたんですよね」

「顔色、だいぶよくなってたな。タマの手料理のおかげか」

「まだ簡単なものしかつくれないですよ？　面倒になって、スーパーのお総菜ですませちゃうこともよくあるし」

「別にいいんじゃないか？　大事なのは一緒に食事をとることだから」

梅を干し終えた大樹が立ち上がる。

「それにしても暑いな……。タマ、熱中症には気をつけろよ」

「大丈夫ですよー。水分はちゃんととってますからね！」

碧は母屋をふり返った。

二階建ての日本家屋には、現在は大樹がひとりで暮らしている。庭に面した昔ながらの縁側には、碧が持参したスポーツドリンクのペットボトルが置いてあった。

「あれ……」

碧は軽く目をみはる。縁側の下で、黒と白の毛の猫が体を丸めていたからだ。

「雪村《ゆきむら》さん、武蔵《むさし》が来てますよ」

視線を移した大樹が、「あいつ何舐《な》めてるんだ？」と眉を寄せる。

竹ザルの上から防護用のネットをかぶせた大樹は、大股で縁側に近づいていった。腰をかがめ、小さなプラスチック容器の中を舐め回している武蔵に話しかける。

「おまえ、それどこから持ってきたんだ。ゴミか？」

薄い緑色の目を持つ武蔵は、ときどきふらりと「ゆきうさぎ」にやってくるオス猫だ。碧が知る限り、大樹にしかなついていない。それでもあきらめきれず、親交を深めようと近づいたときは激しく威嚇《いかく》され、右手を引っかかれてしまった。

なぜ大樹だけなのかといじけていると、当の本人は碧の傷口を消毒しながら「あの切り身がよっぽど美味かったのかもな」と笑った。

大樹と武蔵の交流は、今年のはじめ、大樹が気まぐれに魚の切り身を与えたことからはじまった。それ以降、武蔵は「ゆきうさぎ」の周囲をうろつくようになり、情が湧いた大樹もこっそりとエサをやるようになった。

武蔵は見かけによらず行儀がよく、食べたぶんの排泄《はいせつ》はしっかりこの庭で行う。大樹も自分で片づけることができて気が楽なのだという。

――なついているとは言っても、愛想がいいわけじゃないんだけど。

武蔵の前に膝《ひざ》をつく大樹の背を、碧はうらやましげに見つめた。

碧があの距離まで近づけば間違いなく威嚇されるが、そんな様子は感じられない。武蔵が大樹に甘えることは絶対にないし、大樹も必要以上には干渉しないが、適度な距離を保《たも》ちながらお互いの存在を認めているといった印象だ。

「……プリンカップだった」

あの武蔵からまったく攻撃されることなく、容器をやんわりと奪い取った大樹は、そう言って碧をふり返る。

「プリン?」

「桜屋《さくらや》のだな。どこかに捨ててあったのを拾ってきたんだろ」

肩をすくめた大樹は腕時計に目をやった。「十一時半か」とつぶやく。

「そろそろ昼飯でもつくるか。何が食べたい?」

「リクエストしていいんですか?」

「材料があれば」

碧はぱっと顔を輝かせる。「どうしようかなあ」と考えている間に、大樹は何かを訴えるように小さく鳴いた武蔵にも声をかけた。

「もちろん、おまえの飯もな」

翌日の閉店後。

仕事を終えた碧はいつものように、座卓を挟んで大樹と向かい合っていた。

「ごちそうさまでした！　二日目のカレーもまた格別ですね」

じゅうぶんにお腹《なか》が満たされた碧は、空になった皿の上にスプーンを置いた。

今夜の賄《まかな》いは、昨日のお昼に大樹と一緒につくった夏野菜カレーの残りだった。大量に煮込んだので余ったが、夏場なので鍋のまま放置するわけにはいかない。残ったルーはタッパーに入れて冷蔵庫に保存されていたが、味はまったく落ちていなかった。

新たに素揚げした新鮮なナスにズッキーニ、パプリカは彩りもあざやか。お肉もごろごろ入っていてボリュームがある。熟したトマトがルーに溶けこんだカレーはコクがあり、甘さと酸味がほどよく絡み合っていた。

「大盛り二杯……。昨日も同じくらい食べたよな」

きれいに完食された碧の皿を、大樹がおどろいたように見つめている。

「カレー、好きなんですよ。それにわたし、実はけっこう大食いで」

うっかり口走ってしまった碧は「あ」と口を押さえた。

「そのわりにはいつも控えめに見えたけど？」

「それはその、やっぱり遠慮するっていうか、抑えてたというか……」

大樹とは食欲がないときに出会ったので小食と思われているが、本来の碧は親しい友人から「燃費が悪くて食費がかかりそう」と言われるほどよく食べていたのだ。太りにくい体質なのか外見は小柄で痩《や》せているので、はじめて碧の食べっぷりを見た人はたいていびっくりする。

だから食べ物をおいしく思えなくなったときは、本当につらかった。

二本目の缶ビールのプルタブに指をかけながら、大樹が笑う。

「そういうことなら、明日から賄いの量を増やすか」

「恐縮です……」

「なんならデザートもいるか？　今だったらプリンがひとつ余ってる」

大樹は厨房《ちゅうぼう》の冷蔵庫に目を向けた。

「今日はめずらしく売れ残ったんだよ。欲しかったら食べていい」

「いただきます！」

食べ物の誘惑には逆らえない。碧は考える前に答えていた。

「ゆきうさぎ」のお品書きには、少しだがデザートも載っている。一番人気が口どけなめらかなカスタードプリンで、一日五個の限定品だ。

「おいしいんですよねえ……。桜屋の手づくりプリン」

冷蔵庫からプリンの容器を取り出した碧は、うっとりと頬《ほお》をゆるませる。

数あるお品書きの中で、このプリンだけは大樹がつくったものではない。「ゆきうさぎ」の向かい、車道を隔《へだ》てた正面にある「桜屋洋菓子店」で販売しているプリンを、大樹が買い取ってデザートメニューに載せているのだ。桜屋のプリンはご近所でも評判で、碧の母も気に入っていた。

どちらもこの地に店を構えて二十余年。家族ぐるみのつき合いがあるほど仲がよく、桜屋の娘である星花《せいか》は大樹を実の兄のように慕《した》っている。

プリンを手に座敷に戻ろうとしたときだった。いきなり格子戸《こうし》がバンバンと叩かれ、ぎょっとした碧は足を止める。

——え、何?

格子戸にはきちんと鍵がかかっているが、なおも音を立てて震える戸の向こうに、ぼんやりと人影のようなものが見えた。

「雪村さん！　外に誰かいるみたい……」

座敷から下りた大樹は「こんな時間に？」と言いながら、碧の横をすり抜ける。

碧はとっさにその腕をつかんだ。

「泥棒かも……！　じゃなかったら不審者とか」

「泥棒ならもっと静かに入ってくるだろ。酔っ払いか何かじゃないか」

大樹が戸の前に立つと、「俺だよ。開けてー」とのんびりした声が聞こえてきた。

「この声は……」

思い当たる人がいるのか、大樹が鍵に手を伸ばす。

錠が解かれ、固唾《かたず》をのむ碧の前で、ゆっくりと格子戸が引かれた。

大樹の背中越しにおそるおそるのぞいてみると、そこに立っていたのはひとりの青年だった。大樹とあまり変わらない年頃で、身長も同じくらい。アッシュブラウンの癖《くせ》のない髪に涼やかで整った顔立ちをした、なかなかの美形である。

碧は初対面の相手だったが、大樹は顔見知りのようだ。親しげに声をかける。

「久しぶり。いつ帰国したんだ、レン」

レンと呼ばれた青年はぱちくりと瞬《まばた》きした。ワンショルダーの黒いバッグの中から取り出したスマホの画面をたしかめる。

「三時間くらい前かな……？　そのあと成田《なりた》からバスと電車乗り継いで」

「成田？　羽田《はねだ》ならもっと早く帰れただろ」

「ちょうどいい飛行機がなかったから」

あくびをしながら答えた彼は、仔犬のように鼻を動かした。

「いい匂いがする。カレーだな」

嬉しそうにつぶやくと、彼は大樹の許可なく店内に入ってきた。右手で引く大きなワインレッドのスーツケースの車輪が、ガラガラと音を立てる。

「Bonsoir Mademoiselle,《こんばんは》 Excusez-moi de vous déranger《お邪魔します》」

「は？」

大樹の背後で様子をうかがっていた碧と目が合うと、彼は早口の外国語で言ってにやりと笑い、すぐに視線をはずしてしまった。あぜんとする碧を尻目に、何事もなかったかのようにスーツケースを引きながら、奥の座敷に向かっていく。

「あいかわらずだな」

苦笑した大樹が、静かに戸を閉めた。

「今さらながらはじめまして。桜屋蓮《れん》です」

残っていたわずかなカレーをおいしそうに平らげた蓮は、正面に座る碧に礼儀正しく頭を下げた。お腹が満たされたおかげで目が覚めたのか、ぼんやりしていた表情や口調は先ほどよりもしっかりしている。

「あ、こちらこそ。玉木碧です。ここでバイトしてます」

碧もまた、ぺこりと頭を下げる。

「あの、ところで『桜屋』ってもしかして」

「蓮は星花の兄貴だよ。歳《とし》は俺よりふたつ下だから、二十三か」

「今月で四だよ」

大樹の言葉に補足した蓮が、デザート用のスプーンでプリンをすくって口に入れる。

碧が食べようとしていたものだが、うらやましそうな目で見つめられたので譲《ゆず》ってあげたのだ。代わりにもらったのはヌガーという名前の、アーモンドやピスタチオといったナッツ類を蜂蜜《はちみつ》で固めたキャラメルのようなフランス菓子で、碧はそれを食べながら話に耳をかたむけている。

(星花ちゃんのお兄さんかあ)

どちらもきれいな顔をしているし、似ていると言えばそうかもしれない。碧はひとりっ子なので、きょうだいには憧れがある。

適度に着崩したモノトーンの服に、胸元や指でさりげなく光るシルバーのアクセサリー。外見はファッション誌に登場するモデルのようにお洒落《しゃれ》だけれど、どこかゆったり、おっとりとした雰囲気をまとっていた。

「蓮は都内の製菓学校を卒業したあと、修業のためにパリに渡って……。何年向こうにいたんだったか」

「三年と四カ月くらいかな。入国したとき、フレジエがメインで売られてたから」

「フレジエ？」

きょとんとする碧に「苺のケーキ」と答えた蓮は、ふたたびプリンを食べはじめる。苺の旬は春だから、そのころに入国したと言いたいらしい。

（パリか……。外国で修業だなんてすごいな）

きっと実家の洋菓子店を継ぐために努力したのだろう。尊敬のまなざしを向けたが、当の本人はプリンに夢中でまったく気づかない。

「ごちそうさま。久しぶりに食べたけど、やっぱりおいしいな。これ」

プリンを食べ終えた蓮はようやく顔を上げて、大樹を見た。

「そういえばここのおばあちゃん、じゃなくて女将さん。俺が出発するときはあんなに元気だったのに、もう会えないのか……。あとでお線香あげに行ってもいい？」

「ああ。立派なパティシエになったなら、先代もよろこぶ」

「立派かどうかはわからないけど、報告はしておかないとね」

蓮は幼いころから大樹の祖母に可愛《かわい》がられて育ったらしい。大樹は七年前まで隣県の実家で暮らしていたが、進学先の大学が近いという理由で祖母の家に移り住んだ。それ以前もよく遊びには来ていて、蓮とも子どものときから仲がいいそうだ。

「まあ、見習いからは脱したかな。最初は大変だったよ。フランス語はこっちで少し習ってから行ったけど、はじめはぜんぜん通じなかったし……」

蓮はふいに黙りこんだ。ややあって大樹を見据えると、「あのさ」と切り出す。

「いきなりで悪いけど、今晩ここに泊めてくれない？」

「うちに？」

大樹は両目をしばたたかせる。

「別にいいけど、おまえの家すぐそこだろ」

「さっき見たら電気消えてた。もう寝てるのかも。親も星花も寝るの早いし、わざわざ起こすのも悪いよなって」

「いくら早寝だって、今日くらいは起きて待ってるんじゃないか？」

「そうですよ。三年ぶりの帰国なんだし」

碧が口を挟むと、蓮は気まずそうに頰を掻《か》く。

「知らせてたらそうかもしれないけど……」

「まさかおまえ、何も言わずに帰ってきたのか?」

蓮はあからさまに視線をそらした。

「電話、しようとしたけど……。どうしてもできなくてさ。あのときのこともあるし」

眉間《みけん》にしわを寄せた蓮は、「大樹だって憶《おぼ》えてるだろ」と言う。

――「あのとき」……?

碧が首をかしげる横で、大樹はあきれたような息をついた。

「つまり、あれから何も解決してないんだな」

「大樹には関係ない」

ぷいとそっぽを向いた蓮は、ひとりごとのように続ける。

「今日だって、最初はホテルにでも泊まるつもりだったんだ。けどこのままにしておくのもあれだし、家に帰ってみようかと思い直したんだけど」

自宅に戻ると、家族はすでに眠りについているようだった。どうしようかと考えていたとき、まだ明かりがついている上においしそうな匂いをただよわせていた「ゆきうさぎ」に、ふらふらと引き寄せられてしまったのだという。

（家に帰りにくい理由があるのかな……）

今まではどこかふわふわとして、つかみどころがなかった蓮の表情は、明らかに変わっていた。きゅっと唇を引き結び、拗ねているような顔をしている。

「朝になったら帰るからさ。今夜だけ」

「……しかたないな」

好きにしろと言った大樹は、壁にかけてあった時計を見た。

「まずい。もう一時だ」

「え」

「タマ、急いで帰れ。玉木さんが心配する」

言うが早いか、碧のスマホが着信音を奏ではじめる。

何かあったのかと不安をにじませる父に「すぐ帰るから」と告げた碧は、バッグを手にして立ち上がった。

「送っていく。玉木さんにあやまっておかないと」

「大丈夫ですよ。ちょっと遅くなっただけなのに、心配性ですよね。うちの父」

「心配するだろ。大事な娘なんだから」

さらりと言われた碧は照れくさくなって、「大げさですってば」と返す。

でも、悪い気はしなかった。少々こそばゆかったけれど。

「蓮、しばらく留守番――」

いいよと即答した彼は、カウンターの上に視線を投げる。

「その間にあそこにあるもの、もらってもいい？」

煮物や蒸し物など、加熱済みの料理の何種類かは大皿に盛られていて、そこから注文分を取り分けるシステムになっている。空港からここまで何も食べずに来たそうなので、カレーとプリンだけでは足りないようだ。

「残り物だから好きに食え」

「じゃあ遠慮なく」

カウンターに近づいた蓮は、ラップがかかった大皿を楽しそうに見下ろした。こちらに目を向けることなく、ひらひらと片手をふる。

「気をつけてねー」

のんびりとした声を背に、碧と大樹は連れ立って店を出た。


翌日の十時。ランチタイムのシフトに入っていた碧が「ゆきうさぎ」に出勤すると、座敷には蓮が転がっていた。タオルケットを体に巻きつけ、座布団を枕にしておだやかな表情で寝息をたてている。

「おはようございます……。蓮さん、ここで寝ちゃったんですか」

「母屋に行けって言ったんだけどな」

茹《ゆ》でた枝豆をざるに上げ、水に浸して熱をとっていた大樹が苦笑する。

「帰国したばかりだし、疲れが出たんだろ」

言いながら、その手はてきぱきと動く。

枝豆のさやから中身を取り出した大樹は、調味料を入れて水につけていたお釜《かま》の米に豆を加え、炊飯器の蓋《ふた》を閉めた。さっぱりとした味つけの枝豆ご飯は、最近の「ゆきうさぎ」で人気の一品だ。

エプロンをつけた碧は、無防備に眠る蓮の顔をのぞきこんだ。

「お掃除したいんだけどな……。どうしよう」

「気にするな。どうせ開店までには追い出すつもりだし、邪魔ならホウキの柄《え》で顔でもつついてやれ」

「つつかれるのは嫌だな……」

小さな声を発して、蓮がむくりと起き上がった。うーんとうなりながら伸びをする。

「いま何時？」

「十時だよ。起きたなら顔洗ってこい。シャワーがいいならタオルは洗面所の横の棚」

「汗かいたし、シャワーにしようかなあ」

あくびをした蓮は、のっそりと立ち上がった。

寄せてあった座卓を戻し、タオルケットをきちんとたたむと小脇に抱える。座敷から下りた彼は碧に「おはよ」と笑いかけ、母屋に通じるドアの奥に消えていった。

「ああそうだ。今日こそ銀行に行かないと」

下ごしらえを終えた大樹が、エプロンをはずして出かける準備をはじめる。

「開店までには戻ってくるから。何かあったら携帯に電話して」

「行ってらっしゃい」

留守番をまかされた碧は、とりあえず掃除をすることにした。

料理以外の家事は母に仕込まれていたので、大樹に教わらずとも心得があった。まずは座敷に上がり、畳の目にそってホウキを動かす。それから雑巾で乾拭きして、仕上げに座卓を拭けば終了だ。

座敷の掃除を終え、乱れていたカウンターの椅子を直していたとき、格子戸が開いた。

「おかえりなさ……あれ？」

そこに立っていたのは大樹ではなく、背の高い少女だった。

「おはようございまーす！　桜屋の配達ですよー」

明るく挨拶《あいさつ》しながら入ってきた星花は、無人の厨房を見て小首をかしげる。

「ありゃ、大兄《にい》がいない」

「ちょっと外に出てる。銀行だって」

ふうんと答えた星花の格好は、白いポロシャツに学校指定のプリーツスカート。半袖シャツと短いスカートからはすらりとした手足が伸びていて、健康的に日焼けしている。

「星花ちゃん、今日も部活？」

「そ。ほんとはクーラーきいた部屋でゴロゴロしてたいんだけどねー」

言葉のわりには生き生きとした表情の彼女は、細長いソフトケースを背負っている。ラクロスという、なんだかお洒落なイメージのスポーツを行う部活など、碧の高校には存在すらしていなかった。数学同好会なる地味なクラブで、マニアックな仲間たちとともに方程式やパズルを解きまくっていた碧には、星花のさわやかな笑顔がまぶしすぎる。

はじめて会ったときは失敗してお茶をかけてしまったけれど、星花は笑って許してくれた。そのあと、何度か言葉をかわし、知り合い程度の関係にはなれた。

そんなふたりの距離がさらに近づいたのは、ひと月前のこと。

きっかけは、星花の高校で行われた期末試験だった。

『大兄お願い！　数学と化学教えて！』

ある定休日、自宅でくつろいでいた大樹のもとに押しかけてきた星花は、そう言って教科書をつきつけてきたという。

『点数悪かったら地獄《じごく》の補習があるんだよー。その間は部活も禁止でさ。けど教科書見ても何がなんだかさっぱりわかんなくて』

『数学と化学……』

教科書を広げた大樹は、びっしり並んだ数字や記号を見るなり気が遠くなったらしい。彼の得意科目は英語と現代文で、理系は専門外だったのだ。

『それで雪村さん、どうしたんですか？』

『やってみたけど無理だった。化学はまだしも、数学はな……』

大樹からその話を聞いた碧は、『よかったら』と切り出した。

『わたしが教えてみましょうか？　どっちも得意科目だし』

大学の試験も近かったが放ってはおけなかったので、碧は数日間、星花の家庭教師を引き受けた。苦手というだけあって教えるのには苦労したが、その甲斐《かい》あって星花は無事に試験を突破。補習もまぬがれ現在に至っている。

『ありがとうございました！　タマさんのおかげで助かったー』

星花はお礼だと言って、実家のケーキやプリンをどっさり詰めこんだ大きな箱を碧に渡した。労働の対価としてもらったそれは、いつも以上においしく感じた。

「おーい、ボーっとしてどうしたの」

目の前で右手をふられ、碧ははっと我に返る。

「あ、ごめん。ちょっと物思いにふけってた」

「目ぇ開けて寝てんのかと思った。――これ、今日の納品ね」

「ありがとう」

桜屋洋菓子店のロゴが入った箱の中身は、見なくてもわかった。

「ゆきうさぎ」の開店前に納品されるプリンは、桜屋の主人である星花の父親が、毎朝専用のオーブンで蒸し上げている。そのうちの五個はできあがり次第「ゆきうさぎ」に運ばれるのだが、高校が夏休みに入ってからはほぼ毎日、星花が届けてくれていた。

「じゃ、あたし学校行くね」

星花が踵《きびす》を返しかけたとき、厨房の奥にあるドアが開いた。彼女の視線が、自然とそちらに向けられる。

次の瞬間、その両目が大きく見開かれた。

濡《ぬ》れた髪をタオルで拭きながらあらわれた蓮もまた、動きを止める。

ふたりはしばらくお互いの姿を凝視したまま、その場に立ちすくんでいた。見かねた碧が声をかけようとしたとき、ようやく星花が口を開く。

「ちょ――蓮兄⁉　なんでこんなところにいるの！」

おどろく星花とは対照的に、蓮は落ち着いていた。あわてる様子もなく、のん気に前髪をかき上げる。

「ああ、やっぱり星花なんだ。身長伸びたなあ。一瞬誰かと思った」

「中二の夏くらいから伸びはじめたんだよ。いま百六十七」

「へえ。前はちっちゃくて可愛かったのに」

「何言ってんの今でも可愛い……じゃなくて！　蓮兄、フランスに行ってたんじゃないの？　いつ戻ってきたわけ？」

「ゆうべだよ。十一時過ぎだったかな。家の電気消えてたから、ここに泊まった」

星花は「それなら先に連絡してよ」とため息まじりに言った。碧もまったく同意見だったので、彼女の気持ちがよくわかる。

両目を吊り上げて蓮に近づいていった星花は、兄の腕を乱暴につかんだ。

「ここで会ったが百年目。今すぐ帰りなよ。ろくに連絡もしない上に、三年間一度も帰ってこなかったんだからね！」

「いや、まだ髪が乾いてないから……」

ぎろりとにらまれた蓮は、参ったなあとつぶやいた。余裕のある表情のせいか、それほど困っているようには見えない。

「別に音信不通だったわけじゃないよ。母さんには電話してたし……」

「言い訳はあとで、じっくりねっとりしつこく聞いてあげるからね」

ぴしゃりと返した星花は蓮の腕をつかんだまま、引きずるようにして出入り口に向かう。

「でも星花、これから学校に行くんだろ。制服着てるし」

「黙らっしゃい！」

「可愛くないなぁ……」

格子戸を開けた星花は最後に碧をふり返り、申しわけなさそうに頭を下げた。

「ごめんねタマさん、うちのバカ兄貴が」

「あ、そうだ。スーツケース、あとで引き取りに行くから預かっておいてって、大樹に伝えてくれる？」

一方の蓮はふわりとした笑みを浮かべたまま、そんなことを言う。

（大丈夫かなあ……）

「ゆきうさぎ」を出たふたりは道路を渡り、桜屋洋菓子店の建物に入っていく。その姿をはらはらしながら見守っていると、駅に通じる道から大樹が戻ってきた。

「おかえりなさい」

「ただいま。迎えが来たみたいだな」

向かいの店を見つめながら、大樹がやれやれと肩をすくめた。


碧が蓮とふたたび顔を合わせたのは、その翌日。課題のレポートを仕上げるために、大学に行った日のことだった。

夏休み中の大学図書館は、受験生や高校生にも開放されている。普段とは少し違った雰囲気を感じつつ、碧は新鮮な気分で書棚に向かった。数時間をかけて社会心理学のレポートを書き上げ、十六時を過ぎたころに図書館をあとにする。

今夜の献立を考えながら、自宅の最寄り駅の改札口を出たときだった。

人でにぎわうコンコース。その中で、長期旅行にでも行くかのような大きなスーツケースを引き、券売機からこちらに向かってくる青年の姿を見つける。

見覚えのある、ワインレッドのスーツケース。持ち主の顔に目をやると。

「蓮さん！」

一瞬足を止めた彼は、ああと笑って近づいてきた。

「大樹のところでバイトしてる……ネコみたいな名前の子」

「タマですよ」

——自分からあだ名を言うのって、ちょっと恥ずかしいな……。

そんなことを思いながら、碧は蓮のスーツケースをまじまじと見つめる。

「どこに行くんですか？　帰国したばかりなのに」

「家にはちょっと顔を見せに行っただけだよ。あそこで暮らす気、別にないし」

「え。ならどこに……」

「就職予定の店がマンション紹介してくれるっていうから、そこにしようかなって思ってるんだけど」

「就職予定？」

あれっと思った碧は、何気なく問いかけた。

「蓮さん、別のお店で働くんですか？　桜屋があるのに」

そう言ったとたん、おだやかだった蓮の眉間にしわが寄る。まずいことを言ってしまったのか、その目はまったく笑っていない。

「きみには関係ないだろ」

冷たく突き放されてしまい、碧は思わず押し黙る。

蓮はすぐに気まずそうな顔になり、取りつくろうかのように声音《こわね》をやわらげた。

「タマちゃん――だっけ。甘いものって食べられる？」

「えっと……。わりと好きです」

それならと言った蓮は、財布から名刺大のカードを取り出した。

「これあげる。たぶんここで働くことになると思うから、興味があったら買いに来て」

渡されたのは、スタイリッシュなデザインのショップカードだった。南青山《みなみあおやま》にあるパティスリーの名前と電話番号、WEBサイトのアドレスなどが記されている。

(『BlancPur』……。読み方わかんないけど、蓮さんには訊《き》きにくいな)

「あと、おととい泊めてもらったお礼、大樹に渡してあるから。気が向いたら食べて」

「食べる？」

「家のキッチンで、あり合わせの材料でつくったから素人っぽいけど」

蓮は「じゃあね」と背を向けた。改札を抜け、雑踏にまぎれてしまう。

(行っちゃった……)

その姿が見えなくなると、碧はカードを自分の財布にしまってから駅を出た。今日のバイトは十七時からなので、そのまま「ゆきうさぎ」に向かう。

「おはようございまーす」

「おはよー。外暑かったでしょ」

返事をしたのは大樹ではなく、カウンター席に腰かけていた星花だった。部活帰りなのか、ラケット――正確にはクロスと呼ぶらしい――が入ったケースなどの荷物は、まとめて隣の椅子に置いてある。

「大兄。タマさんにもあれ、あげてよ」

ああと言った大樹が、カウンター越しに長方形の白い箱を差し出してきた。中をのぞくと、クリームイエローの地に黒い粒が散らばったマカロンが入っている。

そのマカロンを見たとき、先ほどの蓮の言葉を思い出した。

「もしかしてこれ、蓮さんがつくったものですか?」

大樹と星花はおどろいたように目を丸くする。

「よくわかったな」

「タマさん、なんで知ってんの?」

「実はさっき、駅で蓮さんに会ったんですよ。そのとき雪村さんにお礼を渡したって言ってたから。食べ物みたいなことも聞いて」

「そういうことか。あいつ少し前にここに来て置いていったんだよ」

つまみ上げたマカロンは、直前まで冷蔵庫に入っていたのかひんやりとしていた。口元に近づけると、上品な香りが鼻先をくすぐる。

「わ、いい匂い。紅茶かな」

「たぶんこれ、このまえお母さんの友だちがくれたセイロンだよ。イギリス旅行のお土産《みやげ》なんだけど、うちってあんまり紅茶飲む人いなくてさー。余ってたんだよね」

星花は「うまいこと使ったな」とつぶやきながら、マカロンをぱくりと頬張る。

紅茶が混ぜこんであるということは、表面の黒い粒は細かくした茶葉だろう。碧は手にしたマカロンに、控えめにかじりついた。

表面はかりっと、中はふわっと。食感の違いを楽しんでいると、風味豊かな紅茶の味と香りが口の中に広がっていく。そして真ん中に挟まれた、甘さを抑えたバタークリーム。なめらかな味わいが舌の上でとろけていった。

――蓮さん、謙遜《けんそん》しすぎ。

本人は「素人っぽい」などと言っていたが、とんでもない。形も完璧だし、普通に店頭に並べられていてもまったくおかしくない出来栄えだ。

黙々とマカロンを平らげる碧の横で、大樹と星花が会話をかわす。

「星花。昨日あいつ、おじさんと話したのか?」

「知らないよ。ヘンなお土産いっぱい出してお母さんとちょっと話したら、そのあとは自分の部屋に引きこもっちゃったし」

星花は口をとがらせた。いつも明るい彼女にはめずらしく、その表情には隠しきれない不満と憂《うれ》いが浮かんでいる。

「今日は今日でマカロンつくったら、さっさと出て行っちゃったしさ。っていうかこれだけのものがつくれるなら、うちに残ればよかったのに。お父さんも蓮兄も、いい歳こいていつまでも意地張るなっての!」

「蓮がどこに行ったのか、聞いてないのか?」

「さあね。お母さんは知ってるかもしれないけど。子どもじゃないんだからどっかで家と仕事見つけて勝手にやるつもりなんでしょ。心配するだけムダムダ」

三年前だってそうだったじゃんと、星花はふんと鼻を鳴らした。

「いっつもそうなんだよ、蓮兄は。誰にも言わずになんでもひとりで決めちゃってさ」

その姿は兄の行為に怒っているというよりは、拗ねているといった感じだ。

碧はバッグの中から財布を取り出した。小さなポケットの中に入れていたショップカードを引き抜く。

「星花ちゃん。たぶん蓮さん、このお店で働くつもりだと思うよ」

「え？」

「蓮さんと会ったときにもらったの。興味があったら買いに来てって」

カードを渡すと、星花はためらいがちに目を落とす。

「ブラン……なんて読むんだろ」

「とりあえず、その店に行けば蓮に会えそうだな。どうするんだ？」

しばらく考えこんでいた星花は、カードを碧に押しつけた。

「どうもしない。出て行ったのは蓮兄の意思なんだよ。どこで何しようと知ったことじゃないね」

「これ、いらないの？　蓮さんに会いに行くとき必要でしょ？」

「いらないよ。会いになんて行かないもん」

つき返されたカードを手に困惑する碧をよそに、星花は椅子を引いて立ち上がった。置いてあった荷物に手を伸ばす。

「もうすぐ開店時間だし、邪魔になるから帰るね」

「星花ちゃん！」

「お邪魔しました」

荷物を抱えた星花は、出入り口に向かってすたすたと歩いていく。

逃げるようにして去るその背中は、なんだか少しさびしそうに見えた。


「余計なことしちゃったかな」

静かに閉まった格子戸を見つめながら、碧はぽつりと言った。

「別に悪いことしたわけじゃないだろ」

「でも……」

「いろいろ事情があるんだよ、あの家族も」

厨房の大樹はそう言って、出し汁をゼラチンで固めた穴子の煮こごりを、包丁でひと口大に切り分けていく。お客が注文する前に出されるお通しは数日ごとに種類を替え、一定の数を先につくって保存していた。

煮こごりを冷蔵庫に入れ、散らかっていた調理台を片づけた大樹は、ちらりと時計に目をやった。開店まではもう少し時間がある。

厨房から出た大樹は、座敷と床の段差に腰を下ろした。手招かれた碧がその隣に腰かけると、彼はおもむろに口を開く。

「タマ、桜屋が営業をはじめて何年たったか知ってるか？」

「えーと……たしか二十年ちょっとって聞いたような」

「うちと同じで、今年で二十四年目。蓮が生まれた年だな」

競合店が少なかったこともあり、桜屋は長く地域の住民に親しまれて繁盛《はんじょう》していた。

だが駅前が開発され、周囲にお洒落な洋菓子店やカフェが増えてきてからは、売り上げは少しずつ下がり続けているそうだ。

「ゆきうさぎ」で桜屋のプリンを買い取るようになったのも、女将がわずかでも売り上げに貢献できればと考えたからだという。

「うちで食べたプリンをお客が気に入れば、興味を持って買いに行ってくれるかもしれないだろ？　桜屋の名前が少しでも広まればって、先代がプリンを買い取って店で出すことにしたんだよ」

「だからお品書きに書いてあるんですね」

プリンの項目には、はっきりと「桜屋洋菓子店提供」と記されている。

しかしそんなささやかな協力だけでは、焼け石に水。

その事態に危機感を覚えたのが、当時製菓学校に通っていた蓮だった。

「蓮はああ見えて、本当は努力家なんだよ。本気で桜屋を継ぐつもりだったんだろうな。

製菓学校に通いながらマーケティングのセミナーにも行ってたし、都内の店を回って市場調査みたいなこともやってた。その手の本も片っ端から読んでたな」

女将のもとにもやってきて、経営のコツをたずねては愛用のノートに熱心に書きこんでいたと、大樹は過去をふり返る。

「蓮さんが……」

あの飄々《ひょうひょう》として、よくも悪くもマイペースに見える彼からは想像もつかない姿だ。

「あいつは素直じゃないからな。必死なところを他人に見せたくないんだよ。特に家族の前では格好つけてる。まあそのぶん、うちの先代に甘えてたけど」

桜屋の未来を憂いた蓮は、店主である父に打開策を提案した。だがその提案は、これまでの桜屋のやり方とはだいぶ違うものだった。

「ひとことで言えば、新規の客の呼びこみが第一って感じかな。言い方は悪いが、今までの固定客が離れてもやむを得ないってスタンスで」

ラインナップを見直して大幅に商品を入れ替え、売り上げの悪い商品は容赦《ようしゃ》なく切って新作を増やす。

見た目を派手にする代わりに一個あたりの大きさを縮小して、コスト削減を図る。

全体的に単価を上げて、高級感を出す。

蓮が打ち出した案は決して間違ってはおらず、むしろ妥当と言えた。

しかし急激すぎる変化は常連を戸惑わせ、下手をすれば逃がしてしまうと、蓮の父親は反対した。対する蓮は「今は常連より新しい客を増やすことが大事」と譲らない。

話し合いはうまくいかず、次第にこじれていったようだ。

「俺としては、どっちの気持ちもわかったからな」

大樹は大きなため息をついた。

桜屋には何度も行っているけれど、主人はたいてい厨房にこもっているので、どんな人なのかはよく知らない。前に見たことのある外見は、どこにでもいるごく普通の「おじさん」だったと思う。

「先代には人様の家のことだから口出しするなって言われて、何もできなかった。一時期はかなり険悪で、ときどき星花がうちに避難してきたよ。まだ中学生だったし、どっちの味方にもなれなくてつらかっただろうな」

結局、自分ができたのは落ちこむ星花をなぐさめて、おいしいものを食べさせて元気づけてやることくらいだったと大樹は言った。

「そのせいなのか知らないけど、蓮が家を出て行った直後から、星花のやついきなり背が伸びだしたな。調子に乗ってあれこれ食わせすぎたか」

大樹はかすかに笑った。

手づくりの料理はあたたかく、おいしい食事はお腹だけではなく心も満たす。

星花が大樹になついている理由はほかにもあるだろうけれど、自分のためにつくってくれた料理というのは、胃袋だけではなく心もとらえるものだと碧は思う。

「お店を経営するって、やっぱり大変なんですね……」

「特に親やその前の代から続いている店だと、簡単につぶしてたまるかとは思うな。俺もそうだったから」

女将が亡くなって一度は店を閉めたものの、ふたたび「ゆきうさぎ」の暖簾《のれん》を掲《かか》げることを決めた大樹。その言葉には当事者ならではの重さがあった。

「それで、そのあとはどうなったんですか？」

「ああ……。桜屋はしばらく険悪な状態が続いてたんだけど、ついに蓮がぶち切れた」

『だから、いまどきそんなやり方は古いんだよ！　なんでわからないんだ⁉』

桜屋家には決定的な亀裂《きれつ》が入り、その直後に製菓学校を卒業した蓮は、知人の伝手《つて》を頼ってパリに渡った。それが三年前のことだという。

「その間、蓮さんは一度も日本に帰らずに？」

「みたいだな。母親とは連絡をとり合ってたらしいけど」

たしかに星花に連れ戻されるとき、本人がそんなことを言っていた。

「まあ、蓮も久しぶりに家に帰ることができたわけだし、これからだな」

「そうですね」

できればいい方向に行ってほしい。そう思ったとき、大樹が顔を上げる。

「六時になったな。タマ、暖簾」

「はい」

その話はそこで打ち切られ、碧はゆっくりと立ち上がった。


それから間もなくして八月に入り、暑さは一段と増した。

何事もなく日々が過ぎ、中旬には母が亡くなってから最初のお盆を迎えた。

大学の夏休みは九月まで続く。バイトや課題、たまの遊びに明け暮れているうちに、いつの間にか八月は後半に入っていた。

「疲れたけど楽しかったー。タマさん、連れてってくれてありがとね」

その日、碧は星花と一緒に都心で開かれた野外の音楽フェスに出かけていた。

高校時代の友だちと行くつもりでチケットをとったのだが、直前に彼女の都合が悪くなってしまったのだ。ひとりで行く気にもならず、かといってチケットを買った以上、自分まで行くのを中止するのはもったいない。

どうしようかと思っていたとき、話を聞いた星花が興味を示した。

『なんかおもしろそう。あたしこういうとこ行ったことないんだよね』

かくしてチケットは無駄になることなく、碧と星花はイベントを楽しんだ。

最寄り駅を出て、涼しい夜風が吹く通りを並んで歩く。興奮冷めやらぬ様子の星花は、会場をあとにしてからずっとしゃべり続けていた。タオルやレジャーシート、小型の折りたたみ椅子などのかさばる荷物を持っていることを感じさせない足取りで、本当に楽しかったのだとわかって嬉しくなる。

「タマさん、昼も夜もあたしよりご飯いっぱい食べてたよね。びっくりした」

「いやぁ……あれでもだいぶ抑えたんだけどね」

そんな話をしながら歩いていると、桜屋洋菓子店の建物が見えてきた。

二十時を過ぎているので店は閉店しているはずだが、半分ほど閉められたシャッターの奥から光が漏《も》れている。そして店の前には、こちらに背を向けてしゃがみこむ、ひとりの男性の姿があった。

「お父さん？　何してんの」

星花の声に反応し、桜屋の主人はびくりと肩を震わせてふり返る。その足下には、武蔵がちょこんと座っていた。

「あ、ネコだー。大兄の家によく来てるよね」

星花は中腰になり、武蔵を見つめた。

「いやー……。こいつ、喉《のど》渇いてるみたいでよ。ちょいと水をな」

イタズラがばれた子どものような顔をしながら、主人がのっそりと立ち上がる。武蔵は威嚇することもなくおとなしくしていて、お椀《わん》に入った水をぺろりと舐めた。

(借りてきた猫みたい……って猫なんだけど)

大樹以外にもなつくことがあるのかと、内心でおどろく。

主人は碧の姿に目を留めると、軽く頭を下げた。

「うちの星花が世話になりまして。迷惑かけませんでした?」

「迷惑だなんて。すごく楽しかったですよ」

「そりゃよかった」

笑顔を見せた主人は「そうだ、ちょっとこっちにおいで」と言って、シャッターの下をくぐり店の中に入っていく。星花のあとに続いて店に入ると、主人はショーケースに残っていた三個のプリンを箱の中に入れた。

「売れ残りだけど、よかったら持ってきな」

プラスチックの容器に入ったそれは、一見シンプルなカスタードプリンだが、口どけがよくなめらかで、とろけるような味わいが特徴だ。香ばしいカラメルソースが生地の甘さをより引き立てている。

いつ食べても変わらないおいしさで、何度食べても飽きることがない。それこそ桜屋のプリンが人気を保ち続けている理由だと思う。

――そのはずなのだけれど。

碧はショーケースに視線を向けた。

以前なら夕方には売り切れるプリンが、今日は三個も残っている。ほかのケーキの売れ行きもあまりよくない。

桜屋の売り上げが下がり続けているという大樹の話を思い出し、複雑な気分になる。

「ケーキ、今日もけっこう残ってるね……」

碧の隣で、星花がため息まじりに言った。主人も「そうだな」と苦笑する。

「ただでさえ夏は売れにくいのに、ここまでとなるとなあ……。近くに新しい店ができるって話もあるし」

「え、ちょっとなにそれ。そんなの聞いてないよ！」

「まだ噂《うわさ》の段階だけどな。予定地は駅の向こう側らしいから大きな影響はないかもしれないけど。南青山にある店の二号店だか三号店だかで、グランシュールとかいう名前の」

「グランシュール？」

「いや違うな。グランじゃなくてブランだったたか？　えーと……」

結局、主人は正確な名前を思い出すことができず、碧はもらったプリンの箱を持ってマンションに帰った。

自室に戻った碧は、ごろりとベッドに横になる。

桜屋の主人が口にしていた、新しくできるらしい店の名前。それがなぜか頭の隅にひっかかり、気になってしかたがない。

どこかで一度、聞いたような。――――いや、聞いたのではなく。

「……あっ！」

勢いよく体を起こした碧は、バッグの中に右手をつっこんだ。

前に蓮からもらったショップカード。金色の装飾枠に囲まれたカードの中央には、店の名前が印字されている。

『Pâtisserie Blanc Pur』

碧はスマホに単語を打ちこんだ。表示されたのは「純白」という意味のフランス語。

「ブランピュール……」

まさかとは思った。でも……。

明日、少し調べてみようか。そう思って目を閉じたが、気になることが多くてなかなか寝つくことができなかった。


翌日、表参道《おもてさんどう》駅を出た碧は、ショップカードの裏に記されていた地図を頼りに、南青山の町をうろうろと歩き回っていた。

——このあたりだと思うんだけど。

周囲を見回しながら角を曲がると、事前に調べておいた外観と同じ店が見えてくる。

ほっとしたとき、碧は「あれ?」と小首をかしげた。

白い外壁に焦げ茶色の枠がシックなドア。大きなガラス窓が開放的な印象で、その上にはチェリーレッドの可愛らしい日除けが取りつけられている。

そして、小ぶりで上品な二階建ての店を、少し離れた場所からこっそりとうかがう怪しげな——しかし見覚えのある少女の後ろ姿。

「星花ちゃん?」

ぼそと答える。

「星花ちゃんこそ。もしかしなくても、蓮さんに会いに来たの？」

　本人は違うと言いかけたが、ごまかしても無駄だと思ったのか、目を泳がせながらぼそ
「うそでしょ。なんでタマさんがここに」

　ふり返った星花は、背後に立つ碧の姿にぎょっとして目をみはる。

「うわ⁉」


「昨日、うちのお父さんが話してたじゃん。新しい店のこと。あとでその名前が、前にタマさんに見せてもらったカードのお店と似てるかもって思ってさ……」

　気になったのでネットで調べ、勢いで店の近くまでやってきてしまったが、中に入る勇気が出ずに周囲をうろついていたようだ。

「どこの不審者かと思っちゃった」

　星花は「そんなに怪しかったかなぁ」と苦笑する。

「実はわたしも星花ちゃんと同じで、気になったから来てみたんだ」

「そっか。だから鉢合わせになったんだね」

「せっかくここまで来たんだし、お店まで行ってみようよ。蓮さんがいるかどうかはわからないけど、ちょっと見るだけ」

「いやでもさ、蓮兄がいたら気まずいって」

「わたしが一緒だから大丈夫！」

ためらう星花を言いくるめ、碧は彼女の手を引いて店に向かった。

ガラスがはめこまれたドアを開けると、軽やかな鈴の音が鳴り響く。

「いらっしゃいませ」

中に入ると、ふんわりとした甘い香りが鼻腔《びこう》をくすぐった。

店内には数人の女性客がいたが、男性は見当たらない。汚れひとつなく磨き上げられたショーケースの中には、ひと目で手が込んでいるとわかる、芸術品のように繊細《せんさい》なケーキや焼き菓子がきれいに並べられていた。

新鮮な苺を挟んだフレジエにモンブラン。林檎《りんご》を使って焼き上げたタルト・タタンやミルフィーユに、粉雪のような白砂糖がたっぷりふりかけられたシュー・ア・ラ・クレーム。定番品はもちろん、オリジナルのケーキも多い。

シロップに漬けられたフルーツが光を反射して、宝石のようにきらめいている。テンパリングされたチョコレートはこっくりとした色合いが上品で、つややかに輝いていた。

碧の両肩に手を置いて、後ろからひょいとショーケースをのぞきこんだ星花が、さりげなく値札の金額を読み取った。

「わー……。見た目は可愛いけど高いな」

「桜屋はもっと安いよね」

「でもこのくらいにしないと、やっぱ採算とれないのかな」

小声で会話していると、近づいてきたスタッフが笑顔で話しかけてきた。

「よろしければ、奥にティールームもありますよ」

顔を見合わせた碧と星花は、そちらでお茶にすることにした。窓の近くにある席に案内され、脚の細い真っ白な椅子に腰かける。

「何が食べたい？　おごってあげる」

そう申し出ると星花は「悪いよー」と言ったが、彼女をここまで引っ張ってきたのは自分だ。少しだけ年上ぶって「バイトしてるから気にしないで」と押し切ると、ようやく折れてくれる。

碧は蜂蜜とレモンのムースにアイスコーヒー、星花は迷った末にヨーグルトを使ったマンゴータルトとアイスココアを頼む。注文を終えてひと息ついた星花は、静かな音楽が流れる店内を興味深げに見回した。

「見事に女の人ばっかだねえ。あ、タマさん上見て。シャンデリアがある！」

「星花ちゃんって、ほかのケーキ屋にあんまり行ったことないの？」

「学校の友だちとカフェくらいは行くけど。ケーキ屋はほとんどないかなあ。甘いものならうちで好きなだけ食べられるしね」

特に最近は残り物が多いからと、星花はぽつりと付け加える。

「でもやっぱ、今はこういうキラキラしてゴージャスなお店のほうが人気だよね。うち古臭いし、ケーキもなんか昔っぽい感じだしなぁ……」

「けどわたし、桜屋も好きだよ。ケーキは大きいのに値段安めでおいしいし」

「ほんと？」

「特にプリンがいいよね。うちの母がファンだったから、よく買ってきてたよ。家庭的なのにプロの味っていうのかな。ちょっとほかでは食べられないような感じ」

「……ありがと。タマさんお世辞うまいね」

「お世辞じゃないってば」

――なんだかんだ言っても、星花ちゃんも桜屋のことが好きなんだろうな。

照れ隠しをしているが、その表情を見れば碧の言葉によろこんでいることがわかる。

他店のラインナップに興味があるらしく、メニューを熟読する星花の姿を見つめていると、人の気配が近づいてきた。

視線を向けた碧は、はっと息をのむ。

「お待たせしました」

ケーキと飲み物をのせたトレイを手に、碧と星花を見下ろしていたのは、白いコックコートに身を包んだ蓮だった。彼は動揺する碧たちにかまうことなく、流れるような動作で注文品をテーブルに置いていく。

「まさかふたりそろって来るとはね。仲良いの？」

「お店の近くで会ったんですよ。ほら、前にショップカードくれたじゃないですか。一度は行ってみようかなって思ったら、星花ちゃんも同じこと考えてたみたいで」

黙りこんでしまった星花の代わりに答える。彼女はむすっとした表情で、アイスココアのストローを口にくわえた。

「ふーん……。星花にカード、見せたんだ」

「見せるなとは言われませんでしたから」

彼は気を悪くする様子もなく「たしかにね」とだけ言った。

「蓮さんはホールも担当してるんですか？」

「いつもじゃないけど、たまにね」

今回は休憩から戻ってくると見覚えのある二人組がいたのでおどろき、ギャルソン役を代わってもらったらしい。

大樹の世話になっていたときはどこか緩い印象があったが、今は人が変わったようにきびきびとしていて格好いい。身長が高めでスタイルもいいので、パティシエの服装もよく似合っていた。

（蓮さん、生き生きしてる。仕事が楽しいんだろうな）

「ここ、俺がパリにいたときに知り合ったフランス人の店でさ。どんな印象？」

「そうですね……。華やかなのに落ち着いた雰囲気で……ラグジュアリーって言えばいいのかな？　ケーキも上品で、なんとなくマダム受けがよさそう」

「貴重な意見ありがとう。味もいいから食べてみて」

蓮は手にしていた伝票の紙を、軽くふってみせた。

「ここは俺がおごるから」

「ええ？　そんな、ちゃんと払いますよ！」

「いいよ。来てくれたお礼」

口の端を上げた蓮は、伝票を取り返そうとする碧からひらりと身をひるがえす。背を向けた彼がテーブルを離れかけたとき、いきなり星花が立ち上がった。

「――待ちなよ、蓮兄！」

その声に、周囲の視線が集中する。

ふり返った蓮は、軽く目を見開いていた。星花は声量を落として続ける。

「蓮兄は知ってんの？　ここの二号店だか三号店だかが桜屋《うち》の近くにできるって話」

「……ああ、なるほど。そのことを聞いて真偽をたしかめに来たわけか」

すぐに冷静さを取り戻した蓮は、真意の見えない表情で妹を見据える。

「そういう話はあるね。まだ本決まりじゃないけど」

「だからって……！　っていうかなんで平然としてんの？　もう家を出たから、うちの店に影響出ようとどうでもいいわけ？」

「………」

「なんとか言いなよ！」

「星花」

勢いづく彼女の言葉が、やんわりとさえぎられる。

「俺はこの店のオーナーでもないのに、そんなこと言われても困るよ。ただの従業員にどうこうできる権利があるわけないだろ」

「けど……！」

「これ以上のことは部外者には話せない。……とにかく、今日はそれ食べて帰りな」

蓮は小さく肩をすくめて、話を打ち切った。伝票を手に店の奥へと戻っていく。

悔しそうに唇を嚙《か》みしめている星花にどう声をかけるべきか悩んでいると、彼女は何かに気づいたように顔を上げた。バッグの中からスマホを取り出す。

「あ……切れちゃった」

「電話？」

「バイブにしてたから気づかなかった。でもなにこれ、着信がいっぱい……」

怪訝《けげん》な表情をした星花が、折り返しの電話をかける。

「もしもし、大兄？」

その呼びかけで、相手が大樹であることがわかる。

碧は無意識に耳をすませてしまったが、声が聞こえるはずもない。

「……うん、今？　南青山の……蓮兄が働いてるお店にいるよ。タマさんも一緒」

小声で言葉をかわしていた星花は、次の瞬間顔色を変えた。

「――え？　うそ、待って。なにそれ……」

手帳を広げ、震える指でペンを紙面に走らせる。しばらくして通話を切った彼女は、ぼうぜんとした顔を碧に向けた。

「タマさんどうしよう。お父さんが怪我《けが》したって」

「え……!?」

「は、はやく行かなきゃ。病院の場所は聞いたから……」

舌をもつれさせる彼女に「落ち着いて」と言った碧は、すぐにショーケースに駆け寄った。近くにいたスタッフに声をかける。

「あの！　蓮さ……桜屋さんを呼んでください！」

スタッフが消えて一分もしないうちに、奥のキッチンから蓮が戻ってくる。

「どうしたの。まだ何か？」

事情を伝えるなり、蓮は碧の横をすり抜けていった。ティールームで立ち尽くしていた星花が、近づいてくる兄の姿にすがるような目を向ける。

蓮はうろたえる妹を落ち着かせるためか、その肩を二回、軽く叩いた。

「行こう」

短いひとこと。しかしその表情にも声音にも、突き放すような印象はない。

うなずいた星花の手を引いて、蓮は店を出て行った。


数時間後、「ゆきうさぎ」の店内に設置されている電話が鳴った。

五分ほど話していた大樹は、最後に「お大事に」と言って受話器を置いた。隣でそわそわしていた碧と目が合うと、ほんの少し笑顔を見せる。

「大丈夫みたいだな」

蓮と星花の父親が、仕事中に怪我をして病院に運ばれた。

そんな電話をしてきたのは大樹だった。騒動に気がついた彼が駆けつけたとき、付き添って病院に向かおうとしていた母親に頼まれたという。

「頭を打ってたから検査したけど、今のところ異常はないそうだ」

だが念のため、今日は入院して様子を見るらしい。

「大事に至らなくてよかったですね」

「ああ。でも倒れた衝撃で肩のあたりも痛めたみたいだから、桜屋はしばらく休業するかもしれないな」

桜屋の主人は数時間前、高い場所に保管してあった調理器具をとろうとしたとき、乗っていた台から足を踏み外して転倒した。

物音におどろいた兄妹の母親が駆けつけると、床には脳震盪《しんとう》を起こしてぐったりする主人の姿があった。あわてて救急車を呼び、騒ぎになったらしい。

「とりあえず、開店までに状況がわかって安心した」

「落ち着かないですもんね」

間もなくして十八時を迎え、夜の営業がはじまる。

蓮が「ゆきうさぎ」をおとずれたのは、それからすぐのことだった。

「おかえり。大変だったな」

「星花に電話してくれたんだって？　心配かけてごめん」

カウンターに近づいた蓮は、大樹の正面の席に腰を下ろす。ユニフォームを着たまま飛び出していったが、店に戻って着替えたらしく普段着姿だ。

「おじさんの具合は？」

「わりと元気だよ。頭部の打撲って聞いたときは血の気が引いたけど。あの様子なら明日には家に帰れるんじゃない？」

「よかったな」

「こっちはどっと疲れたけどね。お腹もすいたし」

ため息をついた蓮はお品書きを手にとった。

彼が頼んだのは若鶏《わかどり》の竜田揚げと豆腐の味噌漬け、そして淡麗《たんれい》ですっきりした味わいの――と大樹が前に言っていた――本醸造酒《ほんじょうぞうしゅ》の銘柄だった。フランス帰りだからワイン派かと思ったが、実は日本酒のほうが好きだと言う。

「え、渋い？　二十歳《はたち》になってすぐに父親につき合わされたせいかな……」

首をかしげながら、蓮はグラスをかたむける。

「これ、新メニュー？　食べてみようかな」

蓮の注文を受けて、大樹が炊飯器の蓋を開けた。「ゆきうさぎ」のご飯は、白飯と十日ごとに内容が替わる炊き込みご飯の二種類が用意されている。塩焼きにした鮎《あゆ》を米と一緒に炊き込んだ鮎飯は、昨日からの新メニューだ。

大樹は鮎の頭と骨、ワタを丁寧に取り除くと身をほぐし、しゃもじで全体をまぜ合わせてから茶碗に盛った。蓮の前に茶碗が置かれると、ふたつ席を空けて座っていた常連客が「大ちゃん、こっちにもちょうだい」と注文する。

碧が伝票に書き留めていると、もうひとりのお客に鮎飯を出した大樹が口を開いた。

「ところで蓮、桜屋をどうするのかは聞いてるのか？」

「痛めたの、肩だから。何日かは休むみたいだよ」

「そうか。無理して悪化させてもまずいし、ゆっくり休んで治したほうがいいな」

「骨折したわけでもないから、すぐに再開すると思うけどね」

その間はプリンの納品も止まるんだなという言葉に、蓮は不思議そうな顔をする。

「プリン？　……ああ、まだ置いてくれてるんだ。帰国したとき久しぶりにここで食べたけど、昔とぜんぜん味変わらなかったな」

茶碗と箸《はし》を手にした蓮は、ふと目を細めた。

「そういえば昔、一回だけ……」

小さな声が耳をかすめたが、何を言ったのかは聞き取ることができなかった。


蓮が言っていた通り、翌日、桜屋の主人は退院した。

店のほうは主人が痛めた肩がよくなるまでは休業することになり、いつも「ゆきうさぎ」に納品されていたプリンも途切れてしまう。

星花がたずねてきたのは、それから六日ほどが過ぎたころだった。

「大兄……。あのさ、ちょっとお願いしたいことがあるんだけど」

「お願い?」

その日は定休日だったが、碧は月に一度の大掃除のため「ゆきうさぎ」にいた。大樹とふたりがかりで店内の掃除を終え、ひと息ついていたところに星花がひょっこりあらわれたのだ。

彼女をカウンターの椅子に座らせた大樹は、隣の席に腰を下ろす。

「改まってどうした。今度は宿題でも教えてほしいとか?」

「んー……。当たらずとも遠からず、ってとこかな」

星花は一冊のノートを開いて、カウンターの上に置いた。

飲み物を運んだ碧がちらりと目にしたそれはシンプルな大学ノートで、ところどころ黒ずみ、使いこまれている。

「教えてほしいのは勉強じゃなくて、プリンのつくりかたなんだよね」

「なんだって？」

予想外の申し出に、大樹はもちろん碧も目を丸くした。

（プリンのつくりかたって……）

数日ぶりに見た星花の表情は、どこか思いつめているように見える。単純にお菓子のつくりかたを習いたいというわけではなさそうだ。

「何があったんだ？」

大樹が問うと、星花はぽつりぽつりと話しはじめる。

「うちのお父さん、怪我してからなんだか様子がおかしくなっちゃって……」

病院から戻り自宅療養に入ったばかりのころは、まだなんともなかったという。

しかし店を閉め、厨房に立つことなくぼんやりと日々を過ごしているうちに、次第に元気がなくなってきたらしい。

「最近のうちの売り上げがよくないこと、大兄も知ってるでしょ？　あたしにはそんなそぶり見せなかったけど、ほんとはお父さん、すっごく気にしてたみたいでさ。今は仕事も休んでてやることがないもんだから……」

これまでは仕事に打ちこむことでふり払っていた不安が、一気に出てきてしまったようだ。考えが悪いほうにばかりかたむき、改善が見込めないのなら、いっそ店をたたんだほうがいいのでは——とまで思い悩んでいるみたいだと、星花はため息をつく。

「そんなに悪いのか？　桜屋は」

「ううん。お母さんの話じゃ、今すぐ店を閉めるほどじゃないって。怪我して一時的に弱気になってるだけだから、まともに取り合うなって言われた。たしかにそうなんだけど、食欲も落ちてるから気になっちゃって」

碧は思わず身を乗り出した。

「ご飯はちゃんと食べないとだめだよ！　体力が落ちると気力も弱まるんだから」

食欲を失うとどうなるか身をもって知っているからこそ、声にも力が入る。

「こういうときは、お父さんの好きなものを食べさせてあげるのがいいんじゃないかな。わたしも雪村さんから肉じゃがが教わってつくったら、すごくよろこんでくれたし」

「……だよね？　やっぱそれが一番だって、タマさんも思うよね？」

「うん！　それで、星花ちゃんのお父さんの好物って何？」

「プリン」

「プリン……」

「うちのお父さん、あんな顔してめっちゃ甘党。ケーキ屋やってるくらいだし？」

　ようやく笑顔を見せた星花は、卓上のノートに視線を落とす。

「このノート、蓮兄が家を出るとき置いていったんだけど、ここにうちのプリンのつくりかたが書いてあるんだよ。お父さんとケンカする前に書き留めたみたい」

　彼女が指差した箇所には、丁寧な文字でそれらしきレシピが綴《つづ》られている。

「せっかくつくるなら、うちのプリンに近い味にしたくて……。あたしが桜屋を継ぐ意志があるって知ったら、お父さんもやる気を取り戻すかもしれないし」

「星花、継ぐ気があるのか？」

　黙りこんでいた大樹が口を挟む。

　星花は少し考え、言葉を選ぶようにして答えた。

「蓮兄が家を出て行くまでは、なんにも考えてなかったよ。蓮兄が継いでくれるから大丈夫だって思ってた。でもそうじゃなくなったら、桜屋はどうなるの？　あたし、あの店をたたむところなんて見たくないよ」

「……」

「お父さんと蓮兄がケンカしたとき、あたしどっちの味方にもなれなくて。蓮兄が桜屋のこと本気で心配してたのも、お父さんが昔から来てくれるお客さんのこと大事にしてたのも知ってたから」

誰も悪くない。どちらの気持ちもわかったから、どちらの味方にもなれなかった。当人たちはもちろんだが、板挟みになった星花もつらかったことだろう。

「けどさ、なんだかんだ言ってもあたしだって、うちのケーキ好きだもん。できればお父さんたちの役に立ちたいよ。今はお菓子なんてぜんぜんつくれないけど、高校卒業したら製菓学校に行って勉強しようって思ってる」

顔を上げた星花は、真剣な表情で大樹を見据えた。

「だから大兄、手伝ってくれないかな」

ここまで言われて、大樹が拒否するはずがない。碧が同じようなことを頼んだときは、こころよく引き受けてくれたのだから。

しかし――

何事か考えていた大樹は、やがてゆっくりと口を開いた。

「悪いけど、引き受けられない」

「えっ……」

「洋菓子は専門じゃない。それくらいわかるだろ？」

「でも……！」

「おじさんのためにプリンをつくることはいいと思う。けど、俺に頼ってどうする。桜屋のプリンに近づけたいなら、頼む相手が間違ってるんじゃないか？」

手を伸ばした大樹は、星花の髪をくしゃりと撫《な》でる。

「おまえだって、本当はわかってるんだろ」

唇を噛んでいた星花は、広げていたノートを閉じて立ち上がった。

「星花ちゃん！」

「変なこと頼んでごめん。帰るね」

ふり返ることなく告げた彼女はノートを抱え、そのまま店を出て行ってしまった。

「雪村さん、ひどいです。なんであんなこと……」

思わず非難の言葉が口をつき、我に返った碧は「ごめんなさい」とうつむいた。

まだ出会って三カ月程度だけれど、大樹の人柄は理解しているつもりだ。妹のように可愛がっている相手に、意地悪であのようなことを言うわけがない。

「……星花が持ってきたノート」

大樹は格子戸を見つめたまま続ける。

「蓮が製菓学校に通っていたとき、夢中で書き溜めてたものだった。星花がどこから見つけてきたのかは知らないけど、蓮の奴、処分してなかったんだな。あれ見たとき、もしかしたらあえて残していったんじゃないかって思ったんだ」

それはなぜ?

(星花ちゃんが自分の意志で、お店を継ぐことを決めたときに役立たせるため……?)

「たぶん、タマが考えてる通りなんだろうな」

碧の表情を読んだのか、大樹はシャツの胸ポケットから煙草《たばこ》の箱を取り出しながら言った。吸ってもいいかと断りを入れてから口にくわえて、思案顔で火をつける。

「雪村さん。蓮さんはお父さんとケンカして家を出ても、桜屋のことが嫌いになったわけじゃなかったんだと思います。きっと今も……」

「俺もそう思ってる」

先ほど星花にしたように、大樹は碧の頭にぽんと触れた。

「だから、星花が頼るべきなのは俺じゃない。あのノートの持ち主なんだよ」

――ああやっぱり。この人はちゃんとあのふたりのことを考えてる。

伝わってくる温もりにどぎまぎしながら、碧は「そうですね」とうなずいた。

仕事を終えて自宅マンションに向かっている途中、蓮のスマホが着信を告げた。

(星花?)

番号を教えただろうかと首をかしげたが、父が病院に運ばれたときにアドレスを交換したのだったと思い出す。

「もしもし」

二十時を過ぎても、車が行きかう大通りはまだまだ明るい。歩道を進みながら電話に出ると、『あたしだけど……』と歯切れの悪い声が聞こえてくる。

『蓮兄、仕事終わった? 話しても平気?』

「外だから大丈夫だけど……」

まさかまた、家族の身に何かあったのか。

思わず身構えたが、星花は『そういう話じゃないから』とあわてたように言った。

「じゃあ何?」

『いやその、えーと……』

「用がないなら切るよ」

『切らないでー！　教えてもらいたいことがあるんだってば！』

通話を切るそぶりを見せると、星花はようやく本題に入った。父に食べさせるためのプリンをつくりたいのだという話を聞いて、その場に立ち止まる。

「星花、洋菓子なんかつくれたっけ？」

『つくれないから教えてって頼んでるんじゃん……』

拗ねたような声。その顔が容易に想像できてしまい、笑いをこらえる。

昔は素直に甘えてきたけれど、中学に入ってからの星花は妙に意地っ張りになって、兄とも距離を置くようになった。だからこうして「お願い」されたのも久しぶりだ。しかもその内容が「お菓子のつくりかたを教えてほしい」とは。

――スポーツばかりやってるから、そういうことには興味がないと思ってた。

電話の向こうに気づかれないよう、蓮は小さく含み笑いをした。こちらの答えをじっと待つ星花に告げる。

「いま家にいる？」

『うん』

「なら一時間、そこで待機」

『なにそれ。意味わかんないんだけど――』

かまわず電話を切った蓮は、すぐに方向転換して駅をめざした。

電車に乗って、目的の駅で降りる。駅ビル内で営業しているスーパーに足を運び、必要なものを買いそろえた。

卵に牛乳、グラニュー糖。生クリームとバニラビーンズ。香りづけのブランデー。

ほとんどの材料は家にあるだろうが、念のために買っていく。

「あと蜂蜜……」

買い物を終えた蓮は、早足で店を出た。

横断歩道の近くにある「ゆきうさぎ」の前を通ったとき、明かりがついた店の中からいい匂いがただよってきた。食欲をそそる揚げ物や、煮物を思わせる醬油《しょうゆ》の香り。蓮のお腹が切なげに鳴る。

(終わったら、星花と一緒に食べに行こう)

蓮が実家にあらわれたとき、迎えに出た星花はぽかんと口を開けた。

「厨房に行くよ。材料買ってきたから」

「材料って、プリンの？　え、今？」

「今だよ」

袋を掲げた蓮は戸惑う星花を引き連れて、店舗の厨房に足を踏み入れる。

無人の厨房は閉店中の今でも掃除が行き届いていたが、少し熱気がこもっていた。

銀色に輝く大きな調理台に、数種類のオーブン。壁に寄せてあった踏み台は父が昔から使っていたものだったが、あれで怪我をしたのかと思うと苦々しい。

冷房をつけた蓮は、調理台のそばで所在なげに突っ立っている星花にきびきびと指示を飛ばした。

「先に手を洗う。終わったら計量器を出して」

「わかった」

「まずはカラメルソースをつくるから、砂糖を量っておいて。重さは――」

「ちょ、ちょっと待って。これにも書いてあるよね？」

星花は胸に抱いていたぼろぼろのノートを広げた。

見覚えのある表紙に、一瞬、息を詰める。

（あれは……）

計量器と向かい合った星花は、化学の実験でもするかのような動作で慎重に重さを量りはじめた。その姿を微笑ましく思いながら、蓮は必要な調理器具を準備する。

「星花、やってみな」

計量した砂糖と水を片手鍋で煮詰めていき、茶色くなったら蜂蜜を加える。焦がした砂糖と蜂蜜の甘い香りが厨房に広がると、星花の顔が自然とゆるんだ。

「ね、蓮兄。ちょっとだけ舐めてみてもいい？」

「味見程度ならね。熱いから気をつけて」

できあがったソースを耐熱容器の下に敷き終えてから、今度は生地の作成に入る。

「じゃあ俺は牛乳を温めておくから、星花は卵を割ってほぐしておいて」

「卵……。お父さん、片手できれいに割ってるよね」

「素人は黙って両手でやりな。――ちなみに使うのは黄身だけだから。白身は除外」

「うそ、もう割っちゃったよー！」

ふたりで騒いでいると、様子を見にやってきた母が楽しそうに目を細めた。

「なつかしいわねー。あんたたち、ずっと前もそうやって一緒にプリンつくったことあったでしょ」

「えー？　気のせいじゃないの。あたし憶えてないもん」

星花は笑い飛ばしたが、蓮には記憶が残っていた。

蓮は十一歳、星花はまだ四歳だったから、憶えていないのもしかたがない。

（あの日のことはよく憶えてる）

牛乳を火にかけながら、蓮の脳裏《のうり》に昔の記憶がよみがえる。

普段は厨房に子どもたちを入れようとしない父は、その日はめずらしく蓮と星花を手招きした。たしかあれは夏休みの最後のほう、どこにも連れて行ってくれない両親に拗ねて文句を言った翌日くらいだったと思う。

『プリン、つくってみるか？』

そう言って、父は卵黄が入ったボウルを蓮に渡した。

慣れない手つきで卵をほぐす兄の姿を、幼い星花は目を輝かせながら見つめていた。バニラビーンズと生クリームを入れて温めた牛乳に卵を混ぜ合わせると、ようやく父から仕事を与えられた星花は、嬉しそうに生地を型に流しこんでいた。

不慣れな子どもの手によるものだから、仕上がりはとても未熟だった。それでも店で売っている商品と同じくらい、おいしかったと思う。

あらかじめ温めておいたスチームオーブンに型を入れ、蒸し焼きにしている間、手持ち無沙汰《ぶさた》になった星花が「あのさー」と話しかけてきた。

「何？」

「うちに戻ってくる気、今でもないの？」

口調は軽かったが、こちらを見る目は真剣だ。

「蓮兄の職場もいいお店なんだろーなとは思うけど。せっかく外国で修業したんだし、それを活かすなら桜屋で……って思うのは勝手かなぁ」

「────」

「あたし、この店閉めたくないしさ。蓮兄が継がないならあたしが継ぐつもりだよ。けどその前にお父さんのやる気がなくなったら困るじゃん。お父さん、怪我する前は蓮兄の提案を一部くらいは取り入れて、リニューアルしようかって考えてたみたいなのに」

「父さんが……？」

「そのとき蓮兄がいてくれたら、いろいろうまくいくと思うんだけどな」

宙をさまよう蓮の視線が、ある一点で止まった。

調理台の隅に置かれた一冊のノート。厨房に向かう前、星花が自分の部屋から持ってきたものだ。プリンの調理法《ルセット》は頭に叩きこんであるから必要はなかったけれど。

「星花、あのノートどこで見つけたの？」

「蓮兄の部屋だけど」

「……俺の部屋、入ったんだ？」

「いやそのちょっとした出来心というか。別にいいでしょ少しくらい！」

あわてる星花がおかしくて、蓮は笑いを噛み殺す。

「フランス菓子に興味を持った？」

「！」

「これ、部屋に入っただけじゃ見つけられない場所にあっただろ。簡単にはわからないところに隠してたから」

ノートを手にした蓮は、久しぶりに中を開いた。

数年前、いくつもの店を回って調べた情報と、父に教えてもらいながら必死になって書き留めた桜屋のケーキ全種類のルセット。父は自分用のノートを決して見せてはくれなかったので、新しく記録するしかなかったのだ。

そしてこれは家を出るとき、ほんの少しの期待をこめて、自室の本棚に差していったものでもあった。フランス菓子の専門書の間にまぎれこませた薄いノートに気づくには、本棚の内容に興味を持ち、近づいて手を伸ばす必要がある。

「……俺だって、一生戻らないつもりはないよ」

「え」

「パリに渡ったときも東京に帰ってきたときも、桜屋のことはいつも考えてた。いろんな店で働いた経験が、いつかうちに戻ったときに役立つかもしれないって。父さんと対立したときは俺もずいぶん意地張って、いま思えば大人げなかった」

未熟な自分を思い出し、蓮は苦い笑みを浮かべる。

父の気持ちを考えもせず、自分の意見だけが正しいと信じて押し通そうとした。あのときはまだ子どもで、周りもよく見えていなかった。

――星花のことを笑えない。俺だって嫌になるほど意地っ張りだ。

「結果的には、家を離れたのはいいことだったんだと思う。視野が広がったし、うちのことも客観的に考えられるようになったしね」

だから、しばらくは外で働きながら経験を積んでいく。いつの日か桜屋に戻る、そのときのために。

自分の思いを正直に打ち明けると、星花は「そっか」とうなずいた。

「でもさ、しばらくってどのくらい？」

「星花が製菓学校を卒業して、成果を出すころかなぁ」

「セイカセイカってまぎらわしいな。っていうかあたし、まだ高校も卒業してないけど」

「それまでは父さんに頑張ってもらおうか。盛夏にちょっと売り上げが下がったくらいで泣きごと言わせるわけにはいかないね」

「生家のためにも？」

顔を見合わせた蓮と星花は、どちらからともなく笑った。こうやって、妹とくだらないことを話しながら笑い合ったのは何年ぶりだろう。

「あ、けど蓮兄。うちの近くにケーキ屋ができるって話は……」

「それならもう心配ない。話はついたはずだから」

「どんな話よ?」

「じきにわかるよ。父さんにも教えておかないと」

プリンが蒸し上がったら、父のところに持っていこう。そしてもう一度歩み寄り、じっくり話してみたい。

オーブンを見つめる蓮の表情は、おだやかにほころんでいた。


九月のはじめ。午前九時五十分。

駅に向かっている途中、桜屋洋菓子店の前を通り過ぎようとした碧は、久しぶりにシャッターが開いている店のガラス窓に飛びついた。中をうかがうと、ショーケースにケーキを並べている主人の姿を見つける。

ガラス越しに目が合うと、主人が破顔した。ゆっくりと近づいてきてドアを開ける。

「おはよう。今日も暑いな」

「おはようございます。お店、再開するんですね」

「怪我もよくなったし、いつまでも怠《なま》けているわけにはいかないしな」

主人は「時間ある?」と言って、碧を店内に招いた。

「もしよかったら今日の納品、お向かいに届けてもらってもいいか?」

ショーケースの上には、取っ手がついた白い箱が置いてある。

「いつものプリンですね!　いいですよ」

「実は今度、新商品を開発してみようかと思ってさ。完成したら試しに『ゆきうさぎ』にも置いてもらえないかって考えてるんだよ」

「新商品?　どんなケーキですか?」

「いや、プリンなんだけど。ずっとこれだけだったから、アレンジしたものを何種類か加えてみるのもおもしろいんじゃないかって。……息子の受け売りだけどさ」

はっと息をのんだ碧は、主人の顔をまじまじと見つめた。

その表情は何かがふっ切れたようにすがすがしく、険は感じられない。

「新店の件も片がついたし、頑張らないとな」

桜屋をおびやかした新店問題の顚末《てんまつ》は、少し前に大樹から聞いていた。

結果的に、蓮の勤め先である洋菓子店の出店は、条件の折り合いがつかずに計画は白紙に戻ったらしい。

それでも店を出すかと悩んでいたオーナーに、蓮がこんなことを言ったという。

『あのあたりに住んでいる人たちは、高級志向のうちの店とは少し合わないと思います。小さな子どものいる家族とか、単身者や学生が多いみたいで――』

予定地の周辺事情を徹底的に調べていた蓮は、そのデータをオーナーに提示した。

それが最終的に、オーナーの心を動かす決定打となったのだ。

蓮が言うには碧と星花がたずねてきた時点で、すでに話が流れそうな雰囲気はあったようだ。しかし確定したわけではないので黙っていたらしい。

『だって下手なこと言って、ぬか喜びさせるわけにはいかないしね』

もっと早く教えろと詰め寄る星花に、蓮はいつもの飄々とした態度で笑っていた。

やはり彼は、桜屋のことをちゃんと考えていたのだ。

――開店まであと一分。

「プリンは売り切れて欲しいなぁ」

主人はいとおしそうにショーケースを見つめる。

碧が時計に目をやったとき、針が午前十時を指した。

第3話　14時5分のランチタイム

残暑厳しい九月が終わり、十月に入ると、ようやく過ごしやすい日々が戻ってきた。

都内にキャンパスを構える私立大学の構内。夏休み中に改装され、メニューの改革も行われたカフェテリアは、ランチタイムを迎えて学生や職員たちでにぎわっている。

天井が高めで開放的な上に、壁は全面ガラス張りなので、外の景色がよく見える。今日は朝から晴天で、ガラスの向こうには秋らしい、青々とした空が広がっていた。

「あああ、あと二十五分……二十四分……」

窓際の席に陣取り、碧《あおい》の正面に座っていた同じ学部の同期生である真野玲沙《まのれいさ》が、柱の時計に目をやるなり絶望的につぶやいた。四人がけのテーブルの上にはひと口かじって放置されたメロンパンが入った袋のほかに、書きかけのレポートに参考書籍、スマホや筆記具が散乱している。

「真野ちゃん、移動時間を引かなきゃ。そしたら二十分切っちゃうね?」

碧の隣でのんびり読書を楽しんでいた沢渡《さわたり》ことみが、おっとりとした笑顔で追い打ちをかける。スクエア型の赤いメタルフレームの眼鏡を押し上げた玲沙が、「うるさいな」と恨めし気にことみをねめつけた。

「人が苦しんでるってのにニヤニヤしちゃってさ。その漫画だって買ったの私なのに、私より先に読むってどーいうこと」

「貸してくれたのは真野ちゃんのほうじゃない。お礼にメロンパンおごったし」

「そうだけど、私だって楽しみにしてたんだよ！　なんでこんなときにレポートなんか」

「やってくるの忘れたんだから自業自得。わたしは昨日のうちに仕上げたもの」

言いながら、ことみは手元の単行本に視線を戻す。

胸まで伸ばしたつややかな黒髪が美しい彼女は、玲沙と同じく漫画好きだ。ジャンルを問わずなんでも読むことみの手には、玲沙から借りたごつい絵柄の青年コミックの最新刊があった。

「あの先生、締め切りには厳しいよ？　一回でも破れば単位がもらえないって噂《うわさ》だし」

「……単位はウソだよね？　冗談でしょ？　ちょっとなんで黙ってんの」

優しく微笑みながら脅されて、玲沙は頰《ほお》をひきつらせる。大学に入ってからのつき合いではあるが、彼女が口でことみに勝てたところを碧はまだ見たことがない。

「あと二十分……じゃない、ダッシュで移動で十五分……」

すごすごと引き下がった玲沙は、ふたたび課題と格闘しはじめる。

「ところで、玉《たま》ちゃんはさっきから何やってるの？」

ことみに話しかけられた碧は、熱中していたスマホの画面から顔を上げた。

「ああこれ？　数学のパズルゲーム。無料の」

「……それ、楽しい?」

「楽しいよー。久しぶりにやったらはまっちゃって。魔方陣とかって解くのも楽しいけど自分でつくるのもおもしろいんだよね。ロジックパズルも好きだな。左脳をフル回転させるのってすっごく快感」

うきうきと答えたが、ことみは興味の薄そうな表情で「ふーん」と返すばかり。

「その反応、雪村《ゆきむら》さんとそっくり」

「誰それ。……あ、バイト先の人だっけ」

「そう。休憩時間にやってたら、画面のぞきこんできたんだけどね。それはもう嫌そうな顔で『そんなのが楽しいのか?』って。楽しいからやってるんですー」

「気持ちはわかるけど、わたしも今回は『雪村さん』に同意」

ことみは「数学同好会に戻りたい」といじける碧にかまうことなく、涼しい顔で漫画のページをめくる。

「バイト続いてるんだね。半年たった?」

「五カ月くらいかなあ。五月の半ばごろにはじめたから」

「小料理屋さんだったよね。おじさんの相手とか大変じゃない?」

「最初はね。でも今はそうでもないよ。雪村さんもいろいろ教えてくれるし」

「それって料理も？　バイトはじめてからお弁当持ってくるようになったよね」

「お弁当って言っても、ゆうべの残り物詰めただけだよ」

碧の前には、米粒のひとつも逃さずに平らげた大きめのお弁当箱と、すでに中身のない焼きそばパンの袋。お弁当だけでは足りず、何かしら追加して食べることは日常茶飯事なので、それについてはことみも玲沙も何も言わない。

「玉ちゃんの話聞いてると、わたしもバイトしてみたくなるな」

「さっきも言ったけど、慣れないうちは大変だよ？　失敗ばっかりしてたしね」

「でも今は違うんでしょ？」

ことみは都内の高級住宅街で家族と一緒に暮らしている。じゅうぶんなお小遣いをもらっているのでまだバイトをしたことがない彼女は、経験のある碧や玲沙の話をいつも興味深そうに聞いていた。

「けど、卒業するまでに一回は経験しておいたほうがいいよね。三、四年になったら教育実習とか就活で忙しくなるだろうし、今のうちに」

そうだねとうなずいた碧は、ふと先日の出来事を思い出した。

「なんなら『ゆきうさぎ』で働く？　いま募集かけてるよ」

先週、大樹《だいき》は『バイトの人数、増やそうかと思ってる』と碧に言った。

『タマも大学がはじまって忙しくなっただろ。昼間は当然入れないだろうし……』

『すみません。できるだけ調整しますから』

『そう言ってくれるのはありがたいけど、学生に無理はさせられない』

苦笑した大樹は、夏休み中は週五日入っていた碧のシフトを減らした。そのぶん穴があいた時間を補うため、新しい従業員を雇うことを決めたのだ。

『最近は売り上げも安定してきたから、ひとりくらいなら増やせるな』

『そうですか……』

新しいバイト。同僚になるその人と仲よくできればいいと思う反面で、碧はなぜか複雑な気持ちになった。

働きはじめてからずっと、大樹とふたりでやってきた。それがとても楽しくて居心地がよかったから、そこに第三者が入るのかと思うと少しさびしくなってしまったのだ。

それに「ゆきうさぎ」に出勤する日が減ったら、大樹に会える回数も減ってしまう。自分の勝手な都合なので、もちろん大樹には何も言わなかったけれど。

——どんな人が来るのかな……。

「そのお店って、玉ちゃんの家の近くなんだよね？」

物思いにふけっていた碧は、ことみの言葉で我に返った。

「通うのはちょっと無理かなぁ。うちから遠すぎて」

「ことみの家、世田谷《せたがや》だもんね」

はじめから無理だとわかっていたので、会話もあっさり終了する。そんなことを話しているうちに、いつの間にか講義がはじまる十分前になっていた。

「あ、まずい。そろそろ教室行かないと」

「真野ちゃん、時間切れでーす」

がばっと顔を上げた玲沙は「とりあえず形になった！」と言ってペンを放り出すと、散乱したテーブルの上を急いで片づけはじめた。


この日はバイトがあったので、講義を終えた碧は玲沙たちと別れて家に帰った。今日は仕事が早めに終わるという父のために、台所で夕食の準備をはじめる。

まずは米をとぎ、炊飯器の予約タイマーを入れる。鯖《さば》の味噌《みそ》煮が食べたいとリクエストされたため、スマホで料理サイトを見ながら、買ってきた鯖の切り身に下処理をほどこして白味噌で煮た。明太子《めんたいこ》とじゃがいもがあったため、ついでに先日大樹に教えてもらったタラモサラダをつくってみる。

（まああかな？）

ひと口味見をしてから、冷蔵庫にしまう。おつまみとしていいかもしれない。

はじめは失敗するのが怖くて、レシピと同じ材料と配分を厳守してその通りのものしかつくれなかったが、最近は自己流のアレンジもできるようになってきた。ときどきつくったものをタッパーに入れて「ゆきうさぎ」に持っていき、大樹に味見をしてもらうこともある。彼は味に関して妥協しないので、真剣にアドバイスしてくれるのだ。

支度が終わると、バッグと自転車の鍵を手に家を出る。

「ゆきうさぎ」の建物が見えてきて、速度を落とした碧はぱちくりと瞬《また》いた。

——あれは……？

まだ準備中の店の前には、武蔵《むさし》がいた。その武蔵にどこからか摘んできたらしいススキをふって気を引こうとしている、ひとりの若い女性の姿。

武蔵は無視していたが、次第にうっとうしくなってきたのか声をあげた。

「シャー！」

「ひゃっ！」

威嚇《いかく》におどろいた女性がしりもちをつく。武蔵はフンと鼻を鳴らすと、その場から立ち去ってしまった。

「大丈夫ですか？」

自転車から降りた碧は、ぼうぜんとしている女性に近づいた。

「――え？　あ、いえその、ご心配なくっ」

ふり向いた彼女はあわてて立ち上がり、黒いスカートの汚れを払う。

自分と同い年くらいだろうか。ミルクティー色の薄手のニットを着ていて、あたたかそうなショートブーツを履いている。ふわふわした猫毛のような髪の持ち主で、肩口の少し下まで伸ばした毛先が、動きに合わせてやわらかく揺れた。

碧よりもやや小柄で、くりっとした大きな目が印象的な彼女は、「お騒がせしました」と頭を下げるとそそくさと走り去っていく。碧の足下には、女性が手にしていたススキがぽつんと残された。

（武蔵ってやっぱり、特定の人にしかなつかないんだよね……）

それから数時間がたち、閉店後に片づけをしていると、ふいに先刻の光景が頭に浮かんだ。武蔵は今のところ、エサをやっている大樹と水を与えている桜屋《さくらや》洋菓子店の主人にしか心を開いていない。しかし最近は碧が近づくと、挨拶《あいさつ》でもするかのように行儀よくお座りするので、そこは進歩しているのだろうか。

「タマ、これ拭いて棚に戻しておいてくれ」

「あ、はーい」

厨房《ちゅうぼう》に入った碧は、大樹が洗い終わった食器を布巾で丁寧《ていねい》に拭いていく。水滴を拭《ぬぐ》ったグラスや皿を棚に戻し、手が届かないところは踏み台を使う。

「わ……っ」

棚の上部に腕を伸ばしたとき、バランスを崩して手をすべらせてしまった。がしゃんという音が響いて床を見ると、割れた器とガラスの破片が散らばっている。

「うそ、ごめんなさい！」

碧は踏み台から飛び下りた。破片《はへん》を拾い集めようとしたが、すぐに指先に痛みが走る。焦っていたせいで切ってしまったらしい。

「何してるんだ。危ないだろ」

血がにじんだ指を押さえると、大樹が救急箱を持ってきてくれた。カウンター席の椅子《いす》に座って絆創膏《ばんそうこう》を巻こうとしたが、はくり紙をはがすのに失敗してくっついてしまう。

「ありゃ……」

しかたなくもう一枚出したとき、見かねた大樹が「俺がやる」と絆創膏を奪いとった。

「踏み台には気をつけろよ。桜屋のおじさんもそれで怪我《けが》したんだから」

ふとしたはずみで触れた指先があたたかくて、小さく鼓動が跳ねる。

（きれいな手だなぁ……）

食べ物を扱うからなのか、大樹の指は短く爪が切りそろえられていた。ささくれひとつ見当たらない。大きくて骨ばってはいるけれど、とても清潔な手だと思った。

ひそかに見とれる碧の指に絆創膏を巻き、大樹は手当てを終える。立ち上がった彼はホウキとちり取りを持って、割れたガラスを手早く片づけた。

「すみません。仕事増やしちゃって……」

碧は肩を落としたが、大樹はあまり気にしている様子はない。

「まあ、たまにはこういうこともあるだろ。怪我が軽かっただけよかった」

「でもガラス皿、一枚減っちゃいました」

「気にするな。何年も使ってた安物だし、惜しいものでもないから」

大樹は「いい機会だから、明日にでも新しい食器を買いに行くか」と言った。明日は土曜日でランチタイムの営業がないため、時間があるのだ。

「行ってみたい食器屋があるんだよ。このまえ雑誌に載ってたところで」

大樹が口にしたのは、はじめて出会ったときに彼が読んでいたローカル情報誌の名前だった。今でも愛読していて、休憩時間などによく目を通している。

「それならちょっと可愛《かわい》い食器とか、選んでみたらどうですか？」

「可愛い……?」

「このところ、お昼は女性のお客さんが増えてきてますよね。そういうお客さんたちには効果的かもしれませんよ」

「効果的……」

夜は男性客が多いが、昼間は近くで働く女性客がグループでやってくる。料理がおいしくて気に入ったからだとは思うけれど、店主が目当てという気がしなくもない。

いまいちぴんとこないのか、首をひねった大樹は碧を見た。

「そういうのはよくわからないな。……暇《ひま》だったら一緒に行って、見てくれないか?」

「えっ」

「空いてないならひとりで行くけど」

「いえ、行きます! それはもう暇ですから!」

ぽかんとしていた碧は、勢いよく椅子から立ち上がった。


そして土曜日。秋晴れの中、連れ立って出かけた碧と大樹は、新宿《しんじゅく》にある食器店でしっかりしたつくりのガラス皿や飲みやすそうなビアグラスを購入した。

「食器屋さんなんてめったに行きませんけど、いろいろあって楽しかったですねー。可愛いものも見つけられたし」

碧は手の中の小さな紙袋をほくほくと見つめた。中には店内でひとめぼれしたガラス細工のうさぎの箸《はし》置きが五個入っている。「ゆきうさぎ」にぴったりの品だ。

「雪村さん。さっそく今日からこれ、使ってみましょう」

「いいけど……。それ、少し可愛すぎっていうか、うちの客層に合わなくないか？　うちは男性客のほうが多いだろ」

「女性のお客さんもいるじゃないですか。こういった小さなことから、ぐっと心をつかんでいくんです。そしてさらなる女性客アップを狙うんですよ」

「なるほど。悪くはないな」

「お店の名前にちなんで、うさぎグッズをそろえるのもおもしろいかも」

その後は大樹の行きつけだという蕎麦《そば》屋で昼食をとってから、南青山《みなみあおやま》に足を伸ばした。

「蓮《れん》さん、おまけしてくれましたね」

「というか体よく買わされた気が……。まあ、ほかの客がいなかったからな」

買いそろえた食器は「重いから」と、すべて大樹が持ってくれていた。碧が手にしているのは自分のバッグと、フランス語のロゴが入った紙の箱だけだ。

　蓮が働いているパティスリーには、夏以降も何度か星花《せいか》と一緒に行っていた。近くまで来たから寄るかと大樹に誘われて行ってみると、顔見知りになった女性スタッフが気を利かせて蓮を呼んでくれたのだ。

『秋の新作出てるから試してみて。え、ふたつでいい？　よく聞こえなかったな』

『しっかり聞こえてるじゃないですか』

『三つ買ってくれたらひとつサービスするけど？』

『う……』

『四つだったらここの――マロングラッセもひとつくらいは入れておくかも』

　蓮の口車に乗せられて、気がついたときには、ショーケースに並べられていた新作をすべて購入していた。このまま「ゆきうさぎ」に戻り、お茶にする予定だ。

「モンブランにしようかなぁ。でも洋梨のタルトもおいしそうだし」

「それ、そんな名前じゃなかっただろ」

「だって覚えられなくないですか？　ああいう名前」

　ケーキには洗練された名前がついていたが、一瞬で忘れてしまった。

「秋は食べ物がおいしくて困りますね……。さすがに少し太りました」

「嘘《うそ》をつけ。食べる量のわりにぜんぜん太って見えない」

相手が誰であろうと、瘦《や》せすぎていると「ちゃんと食べてるのか心配になる」らしい大樹は、予想通り不満そうな顔をしている。もう少し太ってほしいと思われていることは知っているが……。

「体質です。しかたないんです」

「どうすればもっと増えるんだ……」

最寄り駅を出て、話しながら歩いているうちに、「ゆきうさぎ」が近づいてくる。

先に「その人」に気がついたのは、大樹のほうだった。

「ん……？」

彼の視線をたどると、その先には昨日、武蔵にススキをけしかけて怒られていた女性がいた。武蔵の姿はなかったが、彼女はいつかの星花のように、ときおり店のほうを見つめながら周囲をうろうろと歩き回っている。

何をしているのだろうと首をかしげていると、大樹が動いた。

近づく気配に気づいた女性が「あっ」と声をあげた。一瞬、逃げるそぶりを見せたが、思い直したのかその場にとどまる。

彼女を見下ろしながら、大樹が口を開いた。

「――何してるんだ、ミケさん」

聞き覚えのある呼び名におどろく碧の前で、彼女は気まずそうにうつむいた。

「おいしい。すごくおいしい。めちゃくちゃおいしい……」

半泣きになりながら、彼女は嚙《か》みしめるようにモンブランを頰張る。

メレンゲ生地に盛られたホイップクリームと、中に包み隠されたマロングラッセ。専用の口金からしぼりだされたマロンクリームの上には、たっぷりと粉砂糖がかかっている。

たしかにおいしそうだが、ケーキひとつでそこまで感激するかと思わなくもない。

しかしその表情があまりに幸せそうだったので、碧と大樹は黙って見守った。

「これも食べるか？」

彼女の向かいに座っていた大樹が、パンプキンタルトをのせた皿をそっと押し出す。彼女はもごもごと口を動かしながらうなずいた。

「すみません。ケーキなんて三カ月ぶりに食べるから止まらなくて」

モンブランをぺろりと平らげ、パンプキンタルトにフォークを突き刺した彼女の名前は三ケ田菜穂《みかたなほ》。本人曰《いわ》く二十四歳の独身で、今年の二月はじめから四月の終わりまで「ゆきうさぎ」で働いていた人だった。

苗字が三ヶ田だから「ミケ」。言われてみればそう読めないこともない。顔立ちがなんとなく猫っぽいし、猫背気味でもあるのでぴったりだとは思う。

「一月に店を開いた日に、雪まみれで中に入ってきたんだよ」

大樹は彼女との出会いについて、そう語った。

女将《おかみ》が亡くなり、数カ月間閉められていた「ゆきうさぎ」が再開したのは一月のこと。最初のお客は碧の父で、次にやってきたのが菜穂だった。武蔵にキーケースを奪われ、逃げるその姿を追いかけているうちに「ゆきうさぎ」にたどり着いたらしい。

「あいかわらず可愛くないですね。あの猫は……」

タルトを口に運びながら、菜穂はむっとした顔でつぶやいた。

しかし武蔵の存在が大樹との縁を結び、職を探していた彼女は後《のち》に「ゆきうさぎ」でバイトをはじめることになる。短期間で辞めたのは、もっと待遇のよい契約社員の仕事が見つかったからだった。就職が決まらないまま大学を卒業し、一年以上を複数のバイトで食いつないできた彼女にとってはチャンスだったのだろう。

碧が大樹と出会ったのは、彼女が「ゆきうさぎ」を去ってから二週間後のことだ。

「それでミケさん、仕事のほうは？　半年近くたったしだいぶ慣れたか」

菜穂はぴくりと肩を震わせた。フォークを持つ手が止まる。

食べかけのタルトに目を落とし、しばらく無言を貫いていた彼女は、やがて蚊の鳴くような声を出した。

「……ました」

「え？」

「辞めました。ちょっとその、いろいろありまして」

大きなため息をついた菜穂は、「人間関係ってむずかしいですね」と肩を落とす。詳細はわからなかったが、何かつらいことがあったらしい。

「契約期間は三年で、頑張れば正社員になれる道もあったんですけど、それまで耐えきれそうになくて。でもやっと見つけた仕事だし、我慢して働くつもりだったんです。なのに結局、たった三カ月しかもちませんでした……」

「三カ月？」

「はい。短すぎですよね」

その顔に自嘲《じちよう》の笑みが浮かんだ。彼女の言葉通りなら、辞職してからすでに二カ月以上が経過していることになる。

「新しい仕事は？　今でも無職のままってわけじゃないだろ」

「駅ビルの本屋で週に二、三日バイトしてます。でもあそこスタッフが多くて、あんまりたくさんシフトに入れないんですよね。昼間は就活していて面接に行ったりしてるから、決まった時間に働くのがむずかしくて」

「けどミケさん、ひとり暮らしだろ。家賃とか払えてるのか？」

「足りないぶんは貯金を切り崩してなんとか。でも、それもだんだん苦しくなってきましたね……」

そのとき碧は、彼女がなぜ「ゆきうさぎ」の周囲をうろついていたのか、わかったような気がした。

先刻、どこか思い詰めた表情で歩き回っていた菜穂の視線は、格子《こうし》戸の横に貼ってあったポスターに向いていたのだ。それは先週、大樹が作成したバイト募集のポスターで、応募者はまだひとりもあらわれていない。

大樹に見つかったとき、菜穂が気まずそうな顔をしたのは、「ゆきうさぎ」を去るきっかけになった会社をわずか三カ月で辞めてしまったからだろう。それにもかかわらず、こうして店の前までやってきたのはなぜなのか。

大樹も同じことを考えたようで、うなだれる菜穂をじっと見つめた。

「ミケさん。さっき、外のポスターを見てたよな」

はいと答えた彼女は、何を思ったかいきなりその場で頭を下げる。

勢い余って座卓にぶつかり、ゴンという音が聞こえてきたが、菜穂は顔を上げようとしない。だけどやっぱり痛いのか、肩が少し震えている。

「おい、大丈夫か」

「――大樹さん。もう一度、私をここで雇っていただけませんか！」

目をしばたたかせる大樹に、彼女はさらに言い募る。

「恥を忍んでお願いします。まだ決まってないならぜひとも私に！　いちおう経験者ですし、役立たずにはならないと思います。どうかどうかこの通り！」

「ミケさん、わかったから。とにかく顔上げろ」

「ここで決めとかないと、来月の家賃が払えない……。ただでさえ親に心配かけてるのに今さら島には戻れません！」

――島？

どこかの離島の出身なのだろうかと、碧は小首をかしげる。

手を伸ばした大樹は、座卓に額をこすりつけている菜穂の肩を軽く叩いた。

「まずは頭を上げてくれ。このままだと雇用の詳しい話ができない」

菜穂がはじかれたように顔を上げた。大樹は苦笑しながら座卓を指差す。

「いろいろ言いたいことはあるけど、そのケーキを食べてからだな」

数日後、バイトとして無事に採用された菜穂の初仕事の日がやってきた。

「ミケさん。これ、小上がりの二番卓」

「はい」

大樹が彼女に差し出したのは、南の海を思わせるコバルトブルーが印象的な、琉球《りゅうきゅう》ガラスのロックグラスをのせたお盆だった。

小上がり——座敷の二番卓にいるのは先代の女将の時代から長く通ってくれている上客で、泡盛《あわもり》を好むその人のために、大樹が奮発して購入したものである。大樹はほかにも繊細《せんさい》な麻の葉紋様がカットされた江戸切子《えどきりこ》のぐい呑《の》みもペアで買っていて、こちらも値が張るため扱いには要注意だ。

エプロンの予備がなかったので、菜穂は女将が身に着けていた割烹着《かっぽうぎ》を借りていた。髪は後ろでお団子にして、猫背でちょこまかと動く姿が可愛らしい。五つも年上の人に対して失礼かなとは思ったが、自分よりも背が低く、顔立ちも幼くて実年齢よりも下に見えるため、そう感じてしまう。

お盆を受け取った菜穂が背を向けると、大樹は碧に声をかけた。

「タマはこっち。ちょっと手伝ってくれ」

「はーい」

手招かれて厨房に入ろうとしたとき、いい具合に酔っぱらっていたカウンター席の常連客が楽しげに笑った。

「ミケにタマか。大ちゃん、ネコばっかりだけどウサギはいないの？」

「うさぎは月に遊びに行きました。今夜はいい月が出てますしね」

「ウサギのいない『ゆきうさぎ』ってか」

「小うさぎならいますよ。ここに」

大樹は先日碧が買ってきたガラス細工の箸置きを、常連客の前にコトリと置いた。冗談めいたやり取りに笑いをこらえながら、大樹の横に立つ。

「それ、準備して揚げておいてくれ。火傷《やけど》しないように気をつけろよ」

「鰯《いわし》の香り揚げですね。わかりました」

バイトをはじめてしばらくは接客しかしていなかったが、最近は碧も厨房に入って料理の手伝いをするようになっていた。近くで大樹の手際を見るのは勉強になるし、店がすいているときは新しい料理を教えてもらえることもあるので楽しい。

旬を迎えて脂がのった鰯は、すでに大樹が手開きにして、調味料に漬けこんであった。

その身に大葉と梅肉をのせてくるりと巻き、爪楊枝《つまようじ》でとめてから、小麦粉と卵液、パン粉につけて油で揚げる。

揚げ物は温度管理がむずかしく、家では何回か失敗してしまっている。しかし今は大樹が横で見ていてくれるので、安心して調理ができた。

「あと茶碗蒸しな」

「おまかせあれー」

こちらは開店前に仕込みが終わっていたので、専用の蒸し器に入れる。

「大樹さん、プリンの注文入りました。ふたつお願いします」

「どのプリン?」

「ええと、和栗のほうです」

「了解。タマ、冷蔵庫に入ってるから渡して」

「はい」

碧は大樹の指示に従って、冷蔵庫から取り出したプリンを菜穂に手渡す。

桜屋のプリンは最近、通常のカスタード味に加えて二種類の新商品が発売された。売れ行きは好調で、主人は息子である蓮のアドバイスを受けながら、さらなるラインナップの改革に取り組んでいる。

十月も半ばを過ぎ、夜間は冷えこんできたせいか、新しくお品書きに加わったおしるこもぽつぽつと注文が入った。大樹が手づくりしたこしあんに、水を加えて煮立たせる。お椀《わん》に盛られたとろりとした汁の中に、こんがり焼いたお餅《もち》を碧が入れた。

「お待たせしましたー」

「お待ちしてましたー」

おしるこを運んだ碧に人なつっこく笑いかけてきたのは、カウンター席で妙に芝居がかった仕草で雑誌に目を通していた男性だ。ちなみに例のローカル情報誌である。地味に人気があるのかもしれない。

かたわらのグラスに入っていた氷が溶けて、カランと音をたてる。格好つけているわりには、中味はお酒ではなくウーロン茶なのだけれど。

「ミケちゃんが復活しててびっくりしたよ。今日からだって？」

碧の独断と偏見による、推定年齢三十五歳。物腰がやわらかく、優しげな顔立ちのこの人は、菜穂と同じく「ゆきうさぎ」の再開初日に店をおとずれた三人目の人だった。

それをきっかけに月に数回、彼はふらりと店にやってくる。時間はまちまちで、あるときはラフな私服だったり、またあるときはかっちりしたスーツ姿だったりと、何をしている人なのかはわからない。

大樹すら素性をよく知らないが、鳴瀬《なるせ》という名前と下戸であるということ、そして甘いものが好きだという点は判明している。

今夜はストライプのシャツの上からカジュアルなジャケットをはおっていて、ネクタイは締めていない。二十時半を回ったころにやってきたが、仕事帰りなのかは不明だ。

彼はおしるこの椀を持ち上げながら、菜穂の後ろ姿に目を向ける。

「割烹着か。小料理屋って感じでいいねえ。タマちゃんも着てみたら？」

「でもわたし、このエプロン好きですから」

「まあそれも似合ってるけどね。ちょっとぶかぶかなところが可愛いし」

「ありがとうございます」

お世辞なのは百も承知だったので、碧は愛想笑いで返して厨房に戻った。

「あいかわらずだな、鳴瀬さんも」

会話を耳にしていた大樹が笑う。口が上手くてノリは軽いが、いつも笑顔で誰にでも愛想がよく、金払いもよい彼は「ゆきうさぎ」の大事な上客だった。

「玉木《たまき》さんはお料理が得意なんですか？」

閉店後、従業員用の小部屋で帰り支度をしていると菜穂が話しかけてきた。もとからの癖《くせ》なのか、彼女は年下の碧に対しても丁寧な言葉づかいを崩さない。

今夜は混み合っていたが、菜穂が接客を担当してくれたおかげで、料理の準備もお酒の用意もスムーズに進んだ。動きはゆったりしているが、「ゆきうさぎ」のほかにもコンビニやファミレス、居酒屋などで働いていただけあって頼もしい仕事ぶりだった。

「厨房でお手伝いをしてたでしょう」

「三ケ田さんもやってたんじゃないですか？　前にここで働いてたときに」

「私は短い間しかいませんでしたから。それにお料理ってめんどくさ……いえそのかなり苦手なんです。大学からひとり暮らしのくせに、ほとんど何もつくれなくて」

彼女はまとめていた髪の毛を解《ほど》く。ふんわりとした髪が肩にこぼれた。

「でも今日からは安心です。あれがありますから」

菜穂は畳の上の座卓に目をやった。そこには今日の残り物を詰めたタッパーがふたつ置いてある。売れ残るのはつくり置きの料理でせいぜい二、三種類だが、以前に働いていたときも、持ち帰ったものを翌日の食事にしていたようだ。

「とっても助かります。いま食費も切りつめてるので」

（大変そうだなぁ……）

ずっと実家住まいの碧には、その苦労はまだわからない。ひとり暮らしといえば玲沙もそうだが、彼女は女子寮に住んでいるので事情が違う。

「玉木さんもそちら、明日のおかずに？」

小さなタッパーの中には、大樹から分けてもらったポテトサラダが入っている。

「はい、朝ご飯に添えようかなって。ここのポテトサラダ、すっごくおいしいじゃないですか。雪村さんは絶対につくりかた教えてくれないけど」

「秘伝のレシピなんですよね。玉木さんもひとり暮らしなんですか？」

何気ない質問に、碧は一瞬言葉につまった。

「いえ……。父とふたり……なんですけど」

母は亡くなっているのでいないんです。そのことを話すのはとても嫌だった。口に出してしまえばあらためてその事実に直面することになり、認めなければならなくなって、心がえぐられる。それが耐えられないのかもしれない。

あれから七カ月以上がたち、父とふたりの生活にも慣れた。だけど今でも、ふいに胸が締めつけられるような気持ちになって、ひどくなると食欲も一時的に落ちてしまうことがある。だからもうしばらくは蓋《ふた》をしておきたい。

碧の異変に気づいたのか、菜穂が戸惑いを見せる。何か悪いことを言ってしまったのかと思わせたのなら申しわけない。

気まずい雰囲気にはしたくなかったので、碧はなんとか笑顔をつくった。

「えっと……。父とふたり暮らしだから、わたしがいつもご飯をつくってるんです。うちの父いつも帰りが遅くて、夕飯は一緒には食べられないんですけど」

「そうなんですか……」

「朝ご飯も、わたしはパンのほうが好きなのに父はご飯好きだから、兼ね合いが大変で」

「ああ、わかります。うちは親がパン好きで」

菜穂が乗ってきてくれたので、内心でほっとする。

「うちとは逆なんですね。けどわたし、ちょっと前までは料理なんてなんにもできなかったんですよー。雪村さんに教えてもらいながらレパートリーを増やしていって……」

重たくなった空気をふり払いたくて、碧はつとめて明るくふるまった。


菜穂が「ゆきうさぎ」で働きはじめてから、一カ月が経過した。季節はいつしか晩秋となり、色づいた木々の葉が落ちては冷たい風に巻き上げられる。

従業員が三人になってすぐ、それぞれの希望を聞いた大樹がシフトを組んだ。

菜穂の勤務は週五で、昼間が二日で夜が三日。週四勤務の碧はすべて夜に入ることになった。碧と菜穂のシフトが重なるのは週に一日だけだ。

そんなある日、碧は今日も元気に「ゆきうさぎ」に出勤した。

大樹はめずらしく、店の外で一服している。

「おはようございます！　あらら、最近は見ないなーって思ってたのに」

「前よりは減ったぞ。一日これだけ」

そう言って大樹がつき出した指は二本。たしかにわずかながら減っている。

「半年で一本減となると、卒煙まではあと一年……？」

「どうだろうな？　もしかしたら明日にはいきなり達成してるかもしれない」

「嘘でしょそれ」

「おはようございます。楽しそうですね」

ふり向くと、厚手のコートに身を包み、首元をマフラーでぐるぐる巻きにした菜穂が近づいてきた。たしかに今日は寒いが、そこまで着こむほどではないと思う。

「寒いのは苦手なんです……」

ぶるりと震えた菜穂は普段よりも背中を丸めていて、誰よりも早く店の中に入っていった。今日は一週間に一度の三人そろっての勤務だ。

「はあ……」

店内に入った菜穂は、マフラーをはずしながらため息をついた。

「どうかしたのか？」

「いえその……。実は昨日、うちの母がアパートに押しかけてきまして」

「八丈島《はちじょうじま》から？」

「ええ、ホテルは高いから泊まらせてって。私の家ならお金はかかりませんからね。古くて狭いですけど」

ふたりの会話を聞いていた碧は、はてと首をかしげた。

（八丈島――って、どこだっけ？）

「東京都ですよ。本州からはちょっと離れてますけど」

菜穂に伊豆《いず》諸島のひとつだと言われ、ようやく距離がつかめる。

彼女は二十三区内の大学に進学したことを機に島を出た。菜穂の母親は、就職が決まらないまま卒業を迎えたにもかかわらず、実家に戻ることもなく今もひとり暮らしをしている娘が心配で、飛行機に飛び乗ってしまった――

「というのは建前で、ほんとは孫に会うために来たんでしょうね」

「孫？」

「結婚した姉が横浜《よこはま》に住んでいるんです。半年前に赤ちゃんも生まれて。その甥《おい》っ子に会うついでに、私の様子もちらっと見に来たんだと思いますよ」

「じゃあ三ヶ田さんのお母さんは、いま……」

「午前中にはりきって出て行きました。おもちゃをたくさん抱えて」

どうやらそれまでの間に母親からお小言を頂戴《ちょうだい》したらしく、菜穂はげんなりとした表情で小部屋に向かった。

その数時間後。「ゆきうさぎ」にひとりのお客がやってきた。

いらっしゃいませと言いかけた菜穂が、不自然に口を開いたまま固まる。

菜穂とよく似た髪質の、ぽっちゃり気味の五十代くらいの女性だった。その人は立ち尽くす菜穂にかまうことなく中に入ると、彼女の肩にぽんと手を置いて笑う。

「あらやだ、意外と可愛いじゃない？　割烹着」

「お母さん……。なぜここに。っていうかそれ以前に、ここの場所教えてないよね⁉」

「梨穂《りほ》から聞いたのよ」

「お姉ちゃん――――！」

余計なことをと、菜穂はぎりぎりと歯ぎしりしたが、すぐに我に返って周囲を見回す。

店内の注目は当然のことながら、ふたりに向いていた。わざとらしく咳払いをした彼女は母親の腕をとり、こそこそとカウンター席の隅へと連れていく。

「真ん中も空いてるけど？」

「ここでいいの！」

母親を無理やり椅子に座らせた菜穂は、小声で何事か話してから、大樹と碧のいる厨房に戻ってきた。

「鰤大根《ぶりだいこん》とナスのごま和《あ》え、五目ご飯とウーロン茶をお願いします！」

ひと息で言った菜穂に、大樹が「ちょっと」と声をかける。

「あそこにいるの、ミケさんの親御さんだろ？　なんであんな隅に座らせるんだ」

「気にしないでください。ほんとにもう、どうして来ちゃったのかなぁ……」

後半はひとりごとだったのか、語尾が溶けるようにして消える。どうやら働く姿を見られるのが恥ずかしいらしく、彼女は頰に手をあててうつむいた。

「お姉さーん、注文あるんだけどー」

座敷から声が飛んでくると、ふり返った菜穂がそちらに向かう。

碧が横を見たとき、大樹と目が合った。

「やっぱりタマもこういうところ、親に見られるのは恥ずかしいのか？」

「うーん……。たしかにちょっと照れるかも。父もわかってるみたいで、わたしがシフトに入ってる日は来ませんよね」

「ああ、言われてみれば」

そんなものかとつぶやいた大樹が、冷蔵庫からお通しの小鉢とウーロン茶のペットボトルを取り出す。そして野菜室に手を伸ばしたとき――

「お兄さん」

大樹がふり向くと、いつの間に席を離れたのか、菜穂の母がカウンター越しにこちらをのぞきこんでいた。

「忙しいのにごめんなさいね。店長さんがいらっしゃったらご挨拶したいんだけど」

瞬いた大樹は菜穂の母に向き直り、会釈《えしゃく》する。

「店長といいますか、店主は自分です」

「えっ！　あらまあホント？　思ってたより若い方だったのねえ」

彼が娘とほとんど変わらない年頃だったからか、菜穂の母は大きな目を見開いた。大樹をまじまじと見つめる。

「娘がいつもお世話になっております。ちゃんとお役に立っていればいいんですけど」

「ええ。ミ……菜穂さんが働いてくれているおかげで、こちらも助かってます」

「そうですか。よかった。あの子、昔から人よりちょっとのんびりしてててね。夏は暑いからって言ってだらだらして、冬は冬で寒いからだらだらして。そんな子だからこっちで客商売ができるのか心配だったんですよ」

彼女の視線の先には、座敷の畳に膝《ひざ》をつき、お客の話に笑顔で耳をかたむけている菜穂の姿がある。

「菜穂さんも大人ですから。やるときはちゃんとやってくれますよ」

「そうね。わかってはいるんだけど」

ふっくらとした頬をゆるませて、菜穂の母はほがらかに笑った。

「お土産《みやげ》でもお渡しできればよかったわね。買ってきたもの、ほとんど娘たちにあげちゃって。小料理屋さんなら焼酎《しょうちゅう》とかねえ。よかったら今度お送りしましょうか」

「――ちょ、お母さん！　何話してるの。勝手にうろうろしないでってば」

話を切り上げて戻ってきた菜穂が、あわてた様子で母親の袖《そで》をつかんだ。娘に腕を引かれながら、彼女は「はいはい」と苦笑しつつ席に帰っていく。

――明るくて、なんだか可愛いお母さんだな。

なんとなく、自分の母にも似ているところがあるような気もする。

ほんの少しの胸の痛みを感じながら、碧はふたたび料理の続きにとりかかった。

「もう！　お母さんのせいで恥かいたよ！」

仕事を終え、アパートの部屋に帰りついた菜穂は、迎え出た母に文句をぶちまけた。

「恥ってことないでしょ。ちゃんとご挨拶もしたんだから」

むっとした表情で言い返す母を無視して、菜穂は乱暴にショートブーツを脱ぎ捨てて部屋に上がった。

「ゆきうさぎ」から徒歩で十五分。築二十一年の、六畳の狭いワンルーム。

建物は古いが駅近で、ほかの部屋にはひとり暮らしの女子学生や勤め人らしき女性が住んでいる。大学に進学してからずっと、菜穂はこの部屋に住み続けていた。

半年前、甥が生まれたときは両親が一緒に来たのでホテルを利用していた。しかし今回は母ひとりだ。客用布団はないのでベッドは母に譲り、昨夜は薄っぺらいこたつ布団にくるまって眠った。

愛用しているこたつテーブルの上には、ひとり用の土鍋が湯気をたてていた。中には卵を溶いた鶏《とり》雑炊が入っている。

「お腹《なか》すいてるんじゃないの？　熱いうちに食べなさい」

食事ならついさっき、賄《まかな》いですませてきた。

だけど冷えた体に熱々の雑炊はとてもおいしそうに見えて、菜穂はおとなしくこたつ布団の中に入った。レンゲでひと口ぶんをすくいとる。

細かく切ったネギと七味唐辛子をふり、溶き卵と出汁《だし》の旨味が混ざり合ったシンプルな雑炊。鶏肉にはきちんと皮がついている。母は鶏皮が嫌いだが、菜穂が食べるときはとらずに入れてくれていた。

実家でつくる雑炊にはネギではなく島名物の明日葉《あしたば》が入るけれど、今はないのでしかたがない。冷ますためにレンゲに息を吹きかけていると、母が話しかけてきた。

「梨穂のとこから帰る途中でね、携帯買い換えたの。写真がきれいに撮れるんだって」

「なんか派手じゃない？　色が」

「目立つ色のほうが家で見つけやすいでしょ。あ、今日食べた鰤大根、すごくおいしかったわよ。あの店主さん、あんたとたいして違わない歳《とし》なのにやるわねえ」

「そうだね」

「追加で鶏のから揚げも頼んだじゃない？　あれもよかった」

「ふーん」

「今度はお父さんも連れて行ってみようかな」

「別にいいけど、私がいないときにしてよ」

そっけない返事をしていると、母は「可愛くない子ね」と拗《す》ねてバスルームに行ってしまった。うつむいた菜穂は小さな罪悪感を抱えながら、雑炊を口に入れる。

――外面はいいくせに、家族の前ではこのありさまだ。

母が自分のために、好物の雑炊をつくってくれたことはありがたいと思っている。働き先である「ゆきうさぎ」を褒《ほ》めてもらえたことも嬉《うれ》しい。だけど、それを口に出して言うのはどうしても恥ずかしく、突っ張ってしまうのだ。

翌日、母は埼玉にある親戚の家に朝早くから出かけていった。菜穂も午前中から書店のバイトが入っていたので、母に続いて家を出る。

アパートに帰ってきたのは、十八時少し前だった。

「ただいまー」

「おかえり。郵便届いてたよ。こたつの上」

母はすでに帰宅していて、夕食の準備をはじめていた。マフラーをはずしながらこたつに近づいた菜穂は、上に置いてあった封書を見てどきりとする。

それは先日、面接を受けた会社からだった。

どうだったのだろう――手ごたえはあったような気がする。でも。

緊張に指を震わせながら封を切る。折りたたまれた紙を開き、そこに書かれていた無機質な文字を目にするなり、ため息とともに紙を破いた。

「……だめだったの?」

何も言わなくても、表情を見れば明らかだろう。びりびりにした紙をゴミ箱に投げ捨てた菜穂は、重たい体を引きずってベッドに倒れこんだ。

いまはバイトをかけ持つことで、なんとか家賃と生活費をひねり出しているが、いつまでもこの生活を続けるわけにはいかない。できるだけ早く安定した仕事を見つけて、ひとりでもきちんとやっていけると胸を張りたかった。

そうすればこれ以上、両親に心配をかけることもなく、堅実に就職して家庭を持った姉に劣等感を抱くこともなくなるだろうに。

（やっぱり我慢してでも、あの会社にいるべきだったのかなぁ……）

契約社員として一時期だけ、勤めた会社。慣れない仕事にとまどい、ミスを連発する菜穂のことを、指導役の女性社員は「とろい」だの「物覚えが悪い」だのと言って罵《ののし》り、冷たくあたった。菜穂に対する悪い評価は次第に周囲にも広がっていき、陰口を叩かれたり、嫌がらせのようなことをされたりもした。

耐えられたのはたった三カ月。そんな自分がみじめで、情けなかった。

うつぶせで枕の上に突っ伏していると、母がそばに座る気配を感じた。

「ねえ菜穂。一度、うちに帰ってきたら？」

顔を上げると、心配そうな表情をした母と目が合った。

「バイトかけもちしながらお仕事探すって、かなり大変じゃないの？　無理して体をこわしでもしたら元も子もないし……。生活だって苦しいんでしょ。冷蔵庫の中、ほとんど何も入ってないじゃない。ご飯とかいつもどうしてるの」

「スーパーで値引きのお弁当買ったり、バイト先で残り物もらったり……」

「楽なのはわかるけど、栄養かたよっちゃうわよ。お父さんも心配してるし、やっぱり帰ってきたらどう？　そりゃ仕事が見つかるに越したことないけど、手当たり次第に面接受けて、就職したあとで合わない会社だってわかっても遅いのよ」

母の言葉にどきりとする。それはまさに、数カ月前の自分のことだったからだ。

「だからしばらくうちに戻って、じっくり考えてみたら？」

一瞬、心がぐらついた。だけどだめだ。これ以上親には甘えられない。

「バイトはじめたばっかりだし、簡単には辞められないよ。大樹さんに頭下げて雇ってもらったんだから。それに一度家を出たのに戻ったら、近所の人に噂《うわさ》されそうで嫌」

「誰もそんな噂しないわよ。気にしすぎじゃないの？」

「お母さんがのん気すぎるんだってば！」

思わずかっとなり、大きな声が出る。菜穂はおどろく母をにらみつけた。

「とにかく私、家には帰らないからね」

「でもね」

「二十四にもなって就職できない挙げ句、お金がなくて戻ってきたなんて恥ずかしすぎるよ！　近所の人にも知られたくない！」

「菜穂」

「もうほっといて！」

叩きつけるように言い放った菜穂は、コートも着ずに部屋を飛び出した。


奇妙な音が聞こえてきて、カウンターを拭いていた碧は顔を上げた。

音は出入り口のほうから聞こえてくる。カリカリと何かを引っかくような。

不思議に思って戸を開けたとき、碧は息をのんだ。

「三ヶ田さん……」

格子戸から少しだけ距離を置いたところに、いつも以上に背中を丸め、うなだれている菜穂が立っていた。寒がりのはずなのに、上にはカーディガンしかはおっていない。

「ど――」

どうしたのと言おうとしたとき、足下で猫の鳴き声が聞こえた。

目を落とすと、こちらを見上げていた武蔵がもう一度鳴く。

もしかして、さっき戸を引っかいていたのは……。

碧が口を開く前に、武蔵は「用は終わった」と言わんばかりに背を向けた。そのままゆったりとした足取りで、夜の通りに消えていく。

あいかわらず、ちょっと不思議な猫である。

（って、それは置いといて）

「三ヶ田さん、寒いでしょ？　とにかく中に入ってください」

冷えきった彼女の手をとって、店内に入る。開店したばかりなのでまだお客はいない。

「どうした、ミケさん」

厨房にいた大樹も、軽く目をみはる。

「戸を開けたら外に立ってて。手も冷たいんです」

「そんな薄着で出歩けばな」

肩をすくめた大樹がコンロの前に立ち、火をつける。

菜穂をカウンター席に座らせてしばらくすると、大樹はあたためた甘酒にすりおろした生姜を加えたものをお猪口《ちょこ》にそそいだ。それを彼女の前に置く。

「飲んでおけ。あたたまるから」

「……はい」

こくりとうなずいた菜穂が、お猪口にそっと口をつける。

甘酒を飲み干した彼女は、ぽつりぽつりと語りはじめた。

いまの自分の生活に対する焦りに、面接の不合格。そしていらだちのあまり、自分を気づかってくれた母に当たり散らしてしまったこと……。

「ケンカっていうか、私が勝手にへそを曲げただけなんです。子どもみたいに」

お母さんは何も悪くないのにとつぶやいて、菜穂は長いため息をつく。

ほかのお客はまだ、誰も来ない。碧は彼女の隣の椅子を引いて腰かけた。

「……ケンカできるだけいいじゃないですか」

「え……」

「ケンカになるのも、そのあと仲直りするのも、お母さんがそこにいるからできることですよ?」

きょとんとする菜穂に、碧は膝の上に置いた両手を見つめながら続ける。

「わたしも母が生きていたときは、そんなこと考えもしなかったけど」

はっと息をのむ音が聞こえた。こちらの反応をちらりとうかがった大樹が、碧の母がすでに故人であることを菜穂に告げる。

「三ヶ田さん。お母さんに悪いことをしたって思ってるなら、それをきちんと伝えればいいんです。あやまることのできる人が、ちゃんと近くにいるんですから」

「玉木さん……」

「なんて、えらそうに言ってすみません」

碧はゆっくりと椅子から立ち上がる。

「でも……。いつも覚えておく必要はなくても、心の隅にはとどめておいてもいいかもしれません。いま隣にいる人が、明日もそこにいてくれる保証はどこにもないんです」

大事なことを話し合い、ケンカをして仲直りをすることも。

一緒にどこかに出かけたり、何を話すわけでもなく、そばでくつろいだりすることも。

ご飯をつくってもらったり、つくってあげたりすることも。

「わたしと母にはもうできないことだから。それができる三ヶ田さんとお母さんがうらやましいな」

お猪口を両手で包みこんだ菜穂の唇が、小さく動いた。

「……けど、どう言えばいいのかな？　今日のことはあやまれるけど、ほかにも伝えたいことはあるんです。ご飯をつくってくれてありがとうとか、これからも元気で過ごしてねとか。そういうことって、なかなか口にできなくないですか？」

言われてみれば、たしかに面と向かって口に出すのは照れくさい。

でも、伝えたほうがいいときもあると思う。いつかの碧と父のように。

「母は明日の便で島に帰るんです。その前に……」

「明日ですか……」

碧が宙に視線を向けたときだった。黙っていた大樹が口を開く。

「だったら、こういうのはどうだ？」


翌、日曜日。

朝の九時を少し過ぎたころ、菜穂は「ゆきうさぎ」の戸を開けた。

「おはようございます」

「おはよう。なんだ、材料持ってきたのか？」

迎えに出た大樹が、肩にかけていた菜穂のエコバッグに目を留める。

「必要なものは買ってきました。厨房をお借りするだけでも悪いのに、食材まで使わせていただくわけにはいかないですよ」

そう言った菜穂は、厨房に足を踏み入れた。

「器具とか調味料は好きに使っていいから。場所がわからなかったら訊《き》きに来て」

「はい」

大樹とカウンター越しに会話をかわす。いつもは逆の位置なので不思議な気分だ。

母屋に戻りかけた大樹がふいに引き返し、「やっぱり手伝うか？」と言った。心配してくれるのはありがたいけれど――

「大丈夫です。昨日教えていただいた通りにつくってみますから。それに、こういうことは自分の力で成し遂げてこそだと思うんです」

「弁当ひとつで大げさだな」

「私にとっては大仕事ですよ。大樹さんは母屋のほうでゆっくりしていてください。今日はお昼の営業もないし、仕込みは午後からですよね」

「ああ。けど何かあったらすぐに呼べよ」

大樹の姿が母屋に消えると、菜穂は仕事用の割烹着に袖を通した。

先代の女将が愛用していたという割烹着。会ったことはないけれど、料理上手だった女将に少しでもあやかることができればいいと思う。

（さてと。まずは……）

エコバッグから取り出したのは、ラップに包んで持ってきた二枚の食パン。

ナイフで耳を落として片面にバターを塗ってから、薄くスライスされた市販のチェダーチーズとハムをのせていく。それを手前からくるくると巻いていき、ラップで包んで両端をねじる。仕上げにちょっとした遊び心で、細いリボンを結んでみた。

大きなキャンディのような、細長いロールサンド。はじめは普通のサンドイッチにするつもりだったのだが、話を聞いた碧が「せっかくだから可愛くしてみたら」と言ってつくりかたを教えてくれた。

もう一枚のパンには、少し前に大樹からもらった林檎《りんご》とさつまいもの手づくりジャムを塗った。こちらもきれいに巻いてから、次の作業に入る。

寝ている母に気づかれないよう、夜のうちにこっそりと調味料をもみこんで下味をつけていたひと口大の鶏肉に、衣をまぶす。鶏肉の皮はもちろん取りのぞいてある。

菜箸で挟んだ肉を鍋に入れると、油がじゅっと撥《は》ねた。

「ひゃっ！」

ひとり暮らしは長いものの、料理が苦手な上に面倒くさがりな性格の菜穂はあまり台所に立ったことがない。当然、揚げ物もはじめてだ。

『だってむずかしそうですし、それ以前にめんど……いやその』

うっかり本音を漏《も》らしてしまうと、大樹は笑いながら成功のコツを教えてくれた。

『カラッと揚げたいなら、小麦粉よりも片栗粉を多めに。時間があるなら二度揚げで。最初は低温にして、次は高温にするとうまくいきやすい』

大樹の教えはしっかりとメモに記録している。「ゆきうさぎ」のから揚げは下味に塩麴《こうじ》を使っているそうなので、昨日スーパーに走って手に入れた。

誰かのために料理をするのなら、やはり満足してもらえるものをつくりたい。だから面倒くさいとは思わないし、逆に手間をかけたくなる。

小料理屋の店主直伝のから揚げは、不慣れな菜穂が揚げたので少し焦げてしまった。揚げたてのそれを、おそるおそる口に入れる。

「うわ、熱っ！」

しかし衣の歯ごたえがよく、嚙んだとたんに旨味を閉じこめた肉汁がじゅわっとあふれ出てきた。これは思っていた以上においしい。

ほっとする一方で、自分でもやればできるのだという自信がわいてくる。

（お母さんは、こうやって毎日ご飯をつくってるんだなぁ……）

菜穂が生まれてから実家を出るまで。そして娘たちが家を出た今も、母は家族のために毎日台所に立っている。これまではなんとも思っていなかったけれど、昨日の碧の言葉でそれが決して当たり前のことではないのだと気づかされた。

あのあと家に戻ると、母は当然のように夕食をつくって待っていた。

一応あやまったものの、やはりどこか気まずくて、結局その日はどちらも言葉少なく眠りについた。

いつまでも子どものように反発してしまうのも、裏を返せば甘えているからだ。

いい歳をして甘えることができるのは、母が今日も元気でいてくれるからこそ。

大樹や碧には「甥っ子に会うためだけにこちらに来た」なんて言ったけれど、本当は違うことも知っていた。昨日、電話で姉から聞いたのだ。

『そんなわけないでしょ。むしろこっちがついでで、今回は菜穂ちゃんの様子を見に行くことがメインだったんだから。そしたら冷蔵庫の中がスッカスカで、食べ物がほとんどないんだって？　お母さん、ちゃんと食べてるのかって心配してたよ』

『そうなの？』

『だから帰りに食材買いに行くって言ってたしね……。とにかく、面倒くさがってないでご飯くらいちゃんとつくりなさいよ。こっちまで心配になるでしょ』

冷蔵庫を開けてみると、たしかにいつの間にか食材がぎっしり詰まっていた。

「……よし。次」

から揚げの熱をとっている間に、オムレツにもチャレンジした。

薄切りにしたマッシュルームを入れた卵液を、バターを溶かしたフライパンに流しこむ。火加減が強すぎて最初は焦がしてしまったが、二度目でなんとか形になった。

そしてできあがったおかずを、紙製のランチボックスに詰めていく。

使い捨てだから、飛行機に乗る前に食べれば簡単に手放せる。そのランチボックスの中にから揚げと切り分けたオムレツをきれいに詰め、大樹から分けてもらったポテトサラダを添えた。

仕上げに彩りのためのミニトマトを入れて、弁当が完成する。

「――いいんじゃないか？　これなら親御さんもよろこんでくれるだろ」

味見をした大樹のお墨付きをもらって、菜穂は安堵《あんど》の息をつく。

母親のために料理をつくり、感謝を形にしてみればと言ったのは大樹だった。

碧は父親のために朝食をつくったことがきっかけで、親子の対話が増えたという。

ランチボックスを包みかけた菜穂は、「そうだ」とつぶやくと、バッグの中から一枚のグリーティングカードを取り出した。

こんなことをするのは、小学生のときの母の日以来だ。

言葉を伝えられるのは口だけではないから。少し照れくさくて、でも言いたいことはすべてここにしたためよう。

菜穂はカウンターの椅子に腰を下ろすと、カードにペンを走らせた。

格子戸が開き、菜穂が顔をのぞかせたのは、十九時少し前のことだった。

碧は明るく笑って声をかける。

「こんばんは。三ヶ田さん、お仕事は終わったんですか?」

「ええ、ついさっき」

十八時まで書店で働いていたという彼女は、「入っていいですか」と言って中に足を踏み入れた。今日はいつものようにモコモコに着こんでいる。

「わ、忙しそうですね」

「ご近所の常連さんが団体でいらっしゃったんですよー」

店内は、ほろ酔いでいい気分になったお客たちで陽気ににぎわっている。

「お邪魔したら悪いし、すぐに帰ります。これだけ見せたくて……」

厨房の入り口までやってきた菜穂は、握りしめていたスマホの画面を上に向けた。

碧と大樹がのぞきこむと、そこには一通のメールが表示されている。

「写メですね」

「ミケさん、これは？」

「母から送られてきたんです。仕事が終わってから気がついて」

受信時間は、十四時五分。タイトルは『初メール！』になっている。

「はじめてなんですか？　メール」

「うちの母、携帯買い換えたばかりだったので。それでですね」

菜穂が画面を操作すると、一枚の写真に切り替わった。そこには蓋が開いたランチボックスに詰められたおかずと、ロールサンドが映っている。

「もしかしてこれ、三ヶ田さんがつくったお弁当ですか？」

「はい。たぶん飛行機に乗る前、空港のどこかで食べたんじゃないかな」

嬉しそうに笑った彼女は、メールの文面も見せてくれた。『おいしそうなお弁当をありがとう』『これからいただきます』『向こうについたらまたメールするね』……。

(よかった……。三ヶ田さんのお母さんもよろこんでくれたみたい)

碧が微笑んだとき、座敷のほうから声があがる。

「ちょっと、注文とりにきてー！」

「はーい！」

碧と菜穂の声がきれいに重なると、顔を見合わせたふたりは思わず笑った。

『お母さんへ

昨日はひどいことを言ってしまってごめんなさい。

心配してくれたことも、食べ物を買ってきてくれたことも、食事をつくってくれたことも、本当はとても感謝しています。

就職についても心配をかけてしまっていますが、家を出て独立した以上、こちらで頑張るつもりです。無理はしません。でもやれる限り頑張ります。

お弁当、おいしくできたと思うので、ぜひ食べてみてください。

これからはもう少し、自分で料理をしてみようと思います。年末年始は帰省するつもりなので、そのときまでに腕を上げておきますね。

寒い季節ですので、体調にはじゅうぶん気をつけて。お父さんにもよろしくね。

菜穂』

第4話　23時の愛情鍋

その人が「ゆきうさぎ」をおとずれたのは、十一月の下旬。菜穂《なほ》の母親が島に帰ってから数日がたち、冷えこみもさらに深まったある日のことだった。

「いらっしゃいませ！」

時刻は二十一時過ぎ。格子《こうし》戸を開けて入ってきた新客に、碧《あおい》は明るく声をかけた。

(見たことない顔……。一見《いちげん》さんかな)

バイトをはじめて半年あまり。常連客の顔と名前はとっくに把握《はあく》している。いま入ってきた男性はその中の誰でもなかった。

年齢はおそらく三十前後。身長は高めで、肩幅も広くがっしりとした体つきのため威圧感がある。頬骨《ほおぼね》が目立ついかつい顔立ちだからか、それとも鋭い目つきのせいか、なんとなく近寄りがたい、険のある雰囲気をまとっていた。

「おひとりさまですか？」

「ええ」

低い声。じろりとにらまれた気がしたが、単にこちらに視線を向けただけだろう。

一瞬ひるんでしまったが、笑みを絶やさず応対する。

「カウンター席とテーブル席、あとはお座敷がありますが」

今夜はそれほど混んでいないので、どの席にも案内できた。

新客はコートを脱ぎながら店内を見回し、カウンター席の隅に向かう。身に着けているのはモノトーンの地味なシャツとジャケットだが、スーツではない。

椅子《いす》に腰かけお品書きを手にした新客は、その表と裏をじっくり見つめたあとに碧を呼んだ。抑揚のない声で、おすすめはあるかと訊《き》かれる。

「じゃがいもがかぶりますけど、一番人気は肉じゃがとポテトサラダです。あとはお豆腐の田楽《でんがく》とか、茶碗蒸しもおいしいですよ。今の時期は、自家製の柚子味噌《ゆずみそ》を添えたふろふき大根もおすすめです」

「……………」

「ご飯でしたら、今は白飯のほかに牡蠣《かき》ご飯をご用意しています。デザートはこちらの黒蜜ゼリーが今月だけの限定で……」

お品書きを示しながら説明している間にも、料理方法や食材、お酒の種類など、突っこんだ質問が飛んでくる。試験をされている気分になりながら答えると、新客は碧がすすめた料理の中からいくつかを選んだ。

どっと疲れを感じつつ、厨房《ちゆうぼう》に戻る。

「どうした。元気ないな」

「大丈夫ですよー。抜き打ち試験にびっくりしただけですから」

首をかしげる大樹《だいき》に注文を通した碧は、指定された銘柄の純米酒をグラスに注ぐ。お盆にのせて運ぶと、新客はお通しを肴《さかな》に飲みはじめた。

「どうぞごゆっくり」

笑顔で会釈《えしゃく》した碧は次の仕事にとりかかる。

厨房で料理の手伝いをしていると、大樹となじみの常連客が親しげに話しはじめた。

「最近は景気が上向きだって言うけどさ、まだまだそんな実感ねぇなあ。給料もボーナスも上がりゃしねぇ」

「こういうことは上から徐々に浸透していきますからね」

「今月の頭にも、飲み友達から教えてもらった店が閉店しちまって。ここからそんなに遠くない場所にあってさ。まだ一度も行ったことなかったんだけどなぁ」

「個人経営の店ですか？　それは他人事じゃないですね……」

眉をひそめた大樹は、何かを思い出したかのように背後の棚に手を伸ばした。一本の酒瓶を手にとる。

「そういえばこれ、昨日知り合いからいただいたんですよ。サービスしますからどうですか？　八丈焼酎《はちじょうじょうちゅう》」

「お、いいねぇ。一杯もらおうかな」

そんな話を小耳に挟みながら作業していた碧は、あることに気がついた。

(あの人、雪村《ゆきむら》さんを見てる……?)

はじめは気のせいかと思った。だが注意して見てみると、カウンターの新客はさきほどからさりげなく、しかし何度も厨房の大樹に目をやっている。

鋭い視線。それはまるで何かを観察しているかのような。

気にはなったが、まさかお客相手に問いただすことなどできるわけがない。

悶々《もんもん》とした気持ちを抱えたまま、碧は大樹をじっと見つめる新客に、ことあるごとに目を向けてしまった。

黙々と料理を平らげていた新客は、やがて静かに箸《はし》を置く。

「ご馳走様でした」

結局、彼は大樹をただ見ていただけで、それ以外に何をすることもなかった。

立ち上がって勘定をすませた彼は、最後まで無表情のまま店を出て行く。

「またどうぞ……」

――いったいなんだったのだろう?

「今日、なんだか不思議なお客さんがいましたね。気づきました?」

閉店後、碧は掃き掃除をしながら大樹に話をふってみた。

テーブル席に座ってノートパソコンと向かい合っていた彼は、「ああ」と顔を上げる。

「あの人か。九時過ぎに来た一見さん」

「そうですその人！　雪村さんのことずっと見てましたよね」

「視線は感じた。俺、何か変なことしてたか？」

「別に普通でしたけど……。雪村さんのお知り合いとかじゃないんですよね」

「違うと思う。常連でもないし……。前にうちに来たことのある客とか？」

さすがの大樹も、すべてのお客の顔までは覚えていないのだ。

「俺に用があるなら、近いうちにまた来るだろ」

話を切り上げ、大樹はふたたびパソコンのキーを叩きはじめる。テーブルの上には今日切った伝票の束が置いてあるので、売り上げを記録しているのだろう。

これ以上邪魔をしてはいけないと、碧も掃除を再開させた。最後のお客が平らげた食器を厨房に運んで洗いはじめる。

平皿とグラスを洗い終え、棚に戻そうとしたとき、近くにかけてあったカレンダーが目に入った。

（もうすぐ十二月かぁ……）

碧はカウンター越しに、大樹の横顔をそっと盗み見た。オレンジ色の照明に照らされたその端整な顔は、はじめて会ったときからほとんど変わっていない。

──あのときは、自分がここで働くことになるなんて思いもしなかった。

閉店後に大樹と過ごす一時間。

バイトをはじめたばかりのころは緊張していたけれど、今は違う。

一緒に賄《まかな》いを食べているときはもちろんだが、お互い別の仕事をしているときも、会話のないときが続いても、大樹のそばで過ごす時間はおだやかで心地いい。

願わくは、大樹も同じように感じてくれればいいなと思う。

「ゆきうさぎ」が再開して、じきに一年。しばらく休業していたこともあり、当初は経営が安定するのかわからなかったと大樹は言っていたが、今では碧や菜穂といった従業員を雇えるまでになった。碧の父など先代女将《おかみ》の時代から通っている常連に加え、鳴瀬《なるせ》のような新客が増えたことで売り上げも上昇し、経営は軌道に乗っている。

「タマ、悪いけど何か飲み物くれないか？　喉《のど》が渇いた」

「それじゃ、雪村さんの好きなほうじ茶ラテにしますねー」

相手がよろこびそうなものがわかるのも、それだけ近くで見ていたからこそ。

今年も残りひと月あまり。「ゆきうさぎ」はこのまま忙しくも楽しく年を越え、平穏に新年を迎えるのだろう。

このときは、そう信じて疑わなかった。


それから半月ほどが過ぎた、師走のある日。

その日の朝、余裕をもって自宅を出た碧は駅ビルの書店に足を伸ばした。

クリスマスを控え、周囲はお祭りムードで盛り上がっている。

きらめく大きなツリーが設置されたり、可愛《かわい》らしいリースに金銀のモール、鈴がついた真っ赤なリボン、サンタクロースやトナカイの人形を使って華やかに飾りつけたり。そこかしこから流れてくるクリスマスソングに心が踊り、夜のイルミネーションの色あざやかな輝きにも目を奪われる時期だ。

駅ビルの三階にある書店は、十時の開店から間もないため、店内はがらんとしていた。お客はまだ少なく、ほかは黙々と棚整理をする店員しか見当たらない。

碧は複数のコーナーを回って、欲しい本を探し当てる。レジに向かうと、見知った顔の女性店員が「あっ」と目を見開いた。

碧はいそいそと彼女に近づく。

「お疲れさまです、ミケさん。今日はこっちでお仕事ですか?」

菜穂が自分の母親のためにお弁当をつくって以来、彼女との距離は少しずつ縮まっている。その証拠に、お互いの呼び方も変わった。

「ええ。『ゆきうさぎ』以外の場所で会うの、はじめてですよね」

菜穂は少し照れくさそうに笑う。

割烹着《かっぽうぎ》を見慣れているからか、エプロン姿はなんだか新鮮だ。

「タマさんは？　今日はお休みなんですか？」

「いえ、午後から講義があるんですけど」

碧は抱えていた数冊の本を「お願いします」と差し出した。

最近はまっているライトミステリの文庫本に、いつも買っている主婦向けの料理雑誌。確率論をまとめた新書に、玲沙《れいさ》たちの影響で手を出してしまった青年漫画の最新刊。

「……ジャンルがカオスですね」

「趣味と実益と勉強と娯楽の追求です」

「大学に持って行くんですか？　かさばるでしょう」

「空いた時間に読みたくて」

なるほどと笑ってレジを打った菜穂は、買った本を手提げ袋に入れてくれた。

「それにしても。その格好で外に出るの、寒くないんですか……？」

クリーム色のニットのケープに、膝上《ひざ》のスカート。タイツにショートブーツという碧の姿は、菜穂の目には薄着に映るらしい。

「別に平気ですけど。今日はそんなに寒くないですよ?」

「お腹《なか》、冷やさないでくださいね」

母親のような心配をする彼女に「大丈夫ですよ」と答えた碧は、苦笑しながら袋を受け取った。会釈をしてその場を離れる。

出入り口をめざして歩きはじめ、雑誌コーナーを通り過ぎようとしたときだった。週刊誌や情報誌が並べられている棚の前に立つ男性の姿が視界に入る。

(あの人は……)

そこにいたのは「ゆきうさぎ」の常連客のひとり、鳴瀬だった。

足下には小さめのキャリーバッグ。濃紺のコートをはおっていた彼は、一冊の雑誌を手にしていた。真剣な表情で、開いたページに集中している。

碧の視線に気がついたのか、鳴瀬はふと顔を上げた。ばっちり目が合う。

「きみは……」

一瞬考えるような顔をして、彼はにこりと笑った。

「『ゆきうさぎ』のタマちゃんだよね。どうしたの。買い物?」

「はい。鳴瀬さんは?」

「俺はついさっき出張から帰ってきたところ」

ちょっと関西方面に用があってねと、彼は続けた。

出張と言うからには仕事だろう。前を開けたコートの下からスーツらしき服が見えているし、何かの職には就いているようだ。

「無職じゃなかったんだーとか思ってる?」

「ま、まさかそんな」

あわてて首をふると、彼はおかしそうに笑いながら言った。

「今日はこれの発売日だからさ。せっかくだし買っていこうかなって」

鳴瀬は手にしていた雑誌の表紙を見せる。大樹が愛読している地元情報誌の最新号だ。ローカルなので市内の書店でしか扱っていない。

「その雑誌、雪村さんもよく読んでるんですよ」

「みたいだねぇ。っていうか、そもそも大樹くんに紹介したの俺だから」

「えっ!　そうだったんですか?」

「うん。二月にミケちゃんが入ったばかりのころだったかな。雑談の流れでなんとなく。今でも読んでるなら気に入ってるんだろうね」

言葉を切った鳴瀬は、ふいに笑みをひっこめた。眉間《みけん》にわずかなしわを寄せ、何かを考えるようなそぶりを見せる。

「まあ、愛読者ならすぐに気づくだろうけど……」

「はい？」

「とりあえず先に教えておこうか。――ちょっと見てごらん」

きょとんとする碧を手招いた彼は、ぱらぱらと雑誌をめくりはじめる。

怪訝《けげん》に思いながらのぞきこむと、鳴瀬は目当てのページを開き「ここ」と指で示した。

「これ……！」

碧は食い入るように紙面を見つめる。

「大樹くん、このこと知ってるのかな？」


早めに家を出たおかげで、講義がはじまるまではまだ時間があった。

鳴瀬と別れた碧は例の雑誌を追加で買うと、駅ビルをあとにした。歩いてきた道を引き返して「ゆきうさぎ」に向かう。

格子戸には「休業中」の札がかかっていた。今日は水曜。週に一度の定休日だ。

母屋《おもや》にいるのだろうかと、碧は店の裏手に回った。

今日はこの時期にしては気温が高めで、弱いながら日差しもある。そのせいか、縁側の近くに武蔵《むさし》の姿があった。この位置からは後ろ姿しか見えないが、背を伸ばして座り、部屋と外とを仕切るガラス戸をじいっと見つめている。

あのポーズをとるのは、エサが欲しいときだ。

大樹はまだ気づいていないようだが、武蔵があきらめる様子はない。

碧はそっと門を開け、玄関のドアに近づいた。呼び鈴を鳴らしたが反応はない。もう一度押してみたが、やはり応《こた》える声はなかった。

(やっぱりいないみたい。もしくはまだ寝てるとか?)

貴重な休日だ。もし眠っているのなら、起こしてしまうのは忍びない。

近くにコンビニがあるし、ここは自分で猫缶でも買ってこよう。

そう思って踵《きびす》を返そうとしたとき、内鍵を開ける音がした。ドアが開き、大樹がゆらりと姿をあらわす。

周囲にただよう気だるい雰囲気。白い長袖《ながそで》のTシャツにゆったりとした黒ズボンは、寝間着なのかもしれない。髪には少し寝癖《ねぐせ》がついていて、普段は見せない不機嫌そうな表情をしているのは、おそらく寝起きだからだろう。

叩き起こしてしまったのは、間違いなく碧が鳴らした呼び鈴だ。

「え、えっと。おはようございます」

「……………」

「お休みのところすみません。ちょっとその、お話が」

無言で碧をにらみつけ——もとい見下ろしていた大樹は、ようやく言葉を発した。

「………タマ?」

「はい。タマです……」

その迫力に圧されてマヌケな答えを返してしまう。

大樹は何度か瞬《またた》くと、右のこめかみを手のひらでトントンと叩いた。

「とりあえず、まあ……。どうぞ?」

大樹は体をずらして隙間をつくる。上がれということらしい。

落ち着いて話がしたかったので、碧はお邪魔しますと言って靴を脱いだ。

母屋に入るのははじめてではない。夏に梅を干したとき、こちらで昼食をとったことはあるが、やはり少し緊張する。

「ちょっと待ってろ。顔洗ってくる」

大樹は碧を客間に通し、洗面所に消えていく。

雪村家の客間は、十畳の広い和室だ。縁側に面したこの部屋では、女将が存命だったころから、折に触れて商店街の会合や宴会が行われている。

この家は旧「ゆきうさぎ」が開店する少し前に、女将とその夫――大樹の祖父母が建てたという。夫が亡くなってからは女将ひとりで店を切り盛りしていたが、大学進学をきっかけに実家を出た孫の大樹が転がりこみ、ふたり暮らしになった。

いつだったか、雑談で話してくれたことがある。

『店を手伝えば家賃はいらないって言われてさ。バイト感覚で飛びついた』

その女将も亡くなり、家と店舗は実家との話し合いの末、大樹が正式に相続した。現在は大樹がひとりで住んでいる。

当初はほとんど料理をしたことがなく、軽い気持ちで手伝いをはじめたという大樹。少しずつ料理を教わりながら腕を上げ、今では女将のあとを継いで店主をつとめているのだから、時の流れというものは本当にすごい。

(それを言ったらわたしだって、少し前までは何もできなかったしね)

そんなことを考えていると、髪を整え、着替えもすませた大樹が戻ってきた。

「目、覚めました?」

「ああ……。さっきは悪かったな。寝たのが朝方だったから」

なんでも新メニューの研究に熱中するあまり、時間を忘れてしまったそうだ。寝起きはもとから悪く、すぐには頭が働かないのだという。

「低血圧?」

「低くはないな。高くもないけど」

「つまり普通なんですね」

かすかな笑みを浮かべた大樹は、碧の頭をぽんと叩いた。

「あ、そうだ。雪村さん、そこに武蔵が」

「エサか。猫缶、まだ残ってたかな」

縁側に目をやった彼は、首をかしげながら台所に向かう。

数分後、武蔵は無事にエサにありついた。碧は座布団の上に座り、大樹が淹《い》れてくれたミルクコーヒーに口をつける。

眠気覚ましのブラックコーヒーを飲みながら、大樹は、「それで」と碧を見た。

「何か用があるんだろ?」

「はい。これなんですけど」

碧は書店の袋から例の雑誌を引っぱり出した。左上を折ってしるしをつけていたページを開き、大きな座卓の上に広げる。

「雪村さん、こんな取材受けてませんよね?」

「取材?」

誌面に目を落とした彼は、合点がいったように「ああ」とつぶやいた。

「これか。よく見つけたな」

掲載されていたのは、市内の隠れ家的な飲食店を特集している記事だった。その中の一店として、「ゆきうさぎ」も取り上げられていたのだ。

紹介されている店の中では枠も大きめで、外観や店内の写真まで撮られている。覆面調《ふくめん》査と銘打たれているので知らないと思っていたのだが……。

「掲載の連絡は来たんだよ。とはいっても事後承諾みたいなもので、断るにも断れない雰囲気だったから受けたけど」

そのときに撮影許可も出したのだと言う。碧も菜穂もいないときだったらしい。

「なんだ……。これ見たとき、雪村さんが知らなかったらどうしようって思って。びっくりして駅の本屋からこっちに戻ってきちゃった」

「先に言っておけばよかったな」

大樹は苦笑したが、その顔はあまり明るいものではない。

——記事が気に入らなかったのかな……。

別に手ひどくこき下ろされているわけでも、微妙な評価を下されたわけでもない。むしろその逆で、記事の内容は「ゆきうさぎ」に好意的だ。絶賛とまではいかないが、料理の紹介や味の評価、店主である大樹の接客などには褒め言葉が並んでいる。

記事を見たとき、おどろくと同時に嬉《うれ》しくなり、誇らしく思った。一刻もはやく大樹に伝えたくてここまで来たが、彼はそうは思わないのだろうか。

「あの、雪村さんは嬉しくないんですか？」

「え？」

「あんまりよろこんでいるようには見えないから」

疑問を素直に投げかけると、大樹は一瞬、虚を衝かれた顔をした。すぐに取りつくろうような愛想笑いを見せる。

「そんなことないけど」

「けど……？」

「ちょっとな。先代が昔、言ってたことを思い出して」

大樹はそこで言葉を切り、話題を変えた。

「でも、何も言ってなかったのによくわかったな。この雑誌、タマは読んでないだろ」

「鳴瀬さんに教えてもらったんです」

意外だったのか、大樹の眉がわずかに上がる。

「さっき、本屋で会ったんですよ。ミケさんが働いてるお店。最新号をチェックしてたみたいで、それで気づいたんじゃないですか？」

「へえ……」

「けど覆面調査だなんて。そんな人いつ来たのかな」

「気づかれないようにするから覆面なんだろ」

「そぶりくらいは見せたと思うんですけどね？　それらしい人って……」

記憶をたぐり寄せていた碧の脳裏《のうり》にふと、ひとりの男性の姿が浮かんだ。

「あ、もしかしてあの人だったのかも！」

「あの人？」

「ほら、前に雪村さんのことじーっと見ていた人がいたじゃないですか。こっちの知識を試すようなこと訊いてきたし、落ち着いているっていうよりは観察するような目つきで。あの観察眼はきっとプロですよ」

「そうか……？」

「怪しいです。間違いありません！」

意気込む碧に対して、大樹は冷静だった。

「あれだと逆に怪しすぎる。普通、もっとうまくやらないか？」

「慣れない新人だったのかも」

「間違いなくプロだとか言ってなかったか」

矛盾を突かれて押し黙る碧に、大樹はさらりととどめを刺した。

「それに後日、撮影のためにカメラマンと担当者が来たけど、あの人じゃなかったぞ」

「う……。じゃあああの人、いったい何者だったんですか」

「俺に訊かれてもな」

大樹はそのまま口を閉ざしてしまった。

困って視線を泳がせた碧の目に、壁にかけてあった時計が飛びこんできた。いつの間にか、今すぐ出ないと間に合わない時刻になっている。

「――え、うそ。行かなきゃ」

あわてて荷物に手を伸ばすと、一瞬早く、大樹がぱんぱんにふくらんだ碧のトートバッグを持ち上げた。玄関まで運んでくれる。

「ありがとうございます」

「急ぎすぎて転ぶなよ」

「気をつけます！」

バッグを受け取った碧は、大樹に見送られながら雪村家を飛び出した。


雑誌の反響は、それから間もなくしてあらわれはじめた。

書店勤務の菜穂が言うには、この雑誌は本来なら書店と出版元との間に入る取次会社を通さずに、出版元と直接取引している商品だそうだ。

発行しているのは市内にある小さなイベント企画会社。一般の流通には乗らないため、全国展開はしていない。市内の情報に特化した内容なので、購読者は地域住民に限られている。地味ながら根強い支持を得ていて、売り上げは一定に保たれているという。

読者のひとりである大樹も、「地域に密着してるから身近に感じるし、企画もおもしろいものが多い。読みやすいところもいいな」と言っていた。ＷＥＢサイトもあり、そちらではネットに慣れた若者向けの記事を発信しているようだ。

「あれー？　いま、満席？」

「ごめんね、星花《せいか》ちゃん」

雑誌が発売されて十日後。部活帰りに「ゆきうさぎ」にやってきた星花が、残念そうに店内をのぞきこむ。

「そっかぁ。久しぶりに大兄《にい》のご飯が食べたかったんだけどな」

「最近はずっとこんな感じ。予約の電話も殺到してるし、残り物も出ないくらい」

「へー……。やっぱあの雑誌のおかげ？」

「だろうね」

「おお、フル回転じゃん」

星花の視線の先で、割烹着姿の菜穂が忙しく動き回っている。大樹と碧だけでは手が足りないことが増えたので、臨時で入ってもらったのだ。

そんなことを話しているうちに、星花の後ろに二人組の男性客が立つ。

「申しわけありません。ただいま満席でして……」

「少しくらいなら待つけど」

「待っていただく場所もなくて。すみません」

狭い店内はすでに人でいっぱいだった。店の外で待ってもらう手もあるが、いつになるかわからないし、今の季節は厳しい。

碧は頭を下げて、丁重にお断りする。満席になることはこれまでにもあったが、せっかく来てくれたお客を帰してしまうというのは胸が痛い。

「なんだよ、雑誌に載ってたから来てみたのに」

「しかたないな。狭そうな店だし」

不満そうに去っていく背中を見送りながら、星花がぽつりと言った。

「なんかさ、いきなり知名度が上がるってのも大変だね……」

「うん……」

ため息をついたとき、近くのガードレールにもたれながらこちらを見つめている人影に気がついた。ロングスカートを穿《は》いた小柄な女性だ。ニットの帽子を目深にかぶっているので、顔はよく見えない。

「あの……。もしかして席が空くのをお待ちですか？」

碧が声をかけると、彼女は小さく体を震わせた。うつむき加減で「いいえ」と言うと帽子をぐいっと引き下ろし、通りの向こうに消えていく。

（お客さんじゃなかったのかな……？）

その後も閉店まで、お客が途切れることはなかった。

営業を終えると、ぐったりした碧はたまらずテーブル席の椅子に腰かけた。座敷の上に倒れこんだ菜穂は死体のように動かない。大樹だけはしっかりしていたが、その表情には隠しきれない疲れがにじみ出ている。

「ふたりともお疲れ。すぐに賄い用意するから」

「わたしも手伝います……」

ふらりと立ち上がった碧は、大樹のいる厨房に入った。

「やっぱり反響って大きいんですね。お客さん、一見さんばっかり」

「そうだな」

「大丈夫ですか？　雪村さん、このところ休憩もほとんどとれてないでしょう」

大樹は眉を寄せた。「先代が言っていた通りになったな」とつぶやく。

「女将さんが？」

「何年か前に聞いたんだよ。一度だけ何かの取材を受けたとき、一見客が増えて売り上げは一時的に上がったけど、代わりに常連が離れたって」

「どうして……」

「店の雰囲気が変わったせいで、居心地が悪くなったみたいだな。新客も大事だけど、ずっと通ってくれている固定客をないがしろにしたら、離れていくのは当然だろ？」

女将が守り、常連たちが何よりも気に入っていたもの。それは「ゆきうさぎ」の家庭的なあたたかさと、のんびりとした気楽な空気だ。

料亭のような高級感も、格式張った雰囲気もここには不要。だから「ゆきうさぎ」のお品書きに載っているのは、そのほとんどが誰でも知っている家庭料理だ。

店に来てくれたお客には、自分の家の居間のようにくつろいでほしい。ひとりひとりに細やかなもてなしをしたい――女将がめざしたのは、そんな小料理屋だった。

「普通なら、店の名前が広まるのはいいことなんだろうけど。うちのコンセプトには合わなかったんだよな」

だからそれ以降、女将は取材の類をいっさい受けなくなったという。

女将の遺志を継ぎ、大樹もメディアの露出は控えていたようだが、今回は押し切られる形で承諾してしまった。いつもと異なるせわしない雰囲気に常連客が戸惑い、タイミングが悪いと席が確保できずに断らなければならない状況にもなっている。

大樹がもっともたいせつにしているのは、昔から通ってくれているなじみのお客だ。だからこそ、今の状況に複雑な思いを抱いているのだろう。

大樹の家に行ったとき、彼が見せた反応の真意がやっとわかった。

――雪村さんはこうなることを危惧《きぐ》していたのだ……。

「……とりあえず、今は賄いだな」

小さく息をついた大樹は、そう言って食材を確認しはじめる。料理は完売したので、余った食材で新しくつくらなければならない。

何にしましょうかとたずねようとしたとき、格子戸がいきなり開いた。

暖簾《のれん》を取りこむときに鍵をかけるはずなのに——たしか今日は、菜穂がその作業を行っていた。おそらくかけ忘れてしまったのだろう。

「こんばんはー。鍵、開いてるよ?」

「鳴瀬さん!」

「閉店後に悪いね。入ってもいい?」

カウンターに近づいてきた彼は、手にしていた白いポリ袋を掲《かか》げる。

「この通り、差し入れ持ってきたからさ」

袋の中に入っていたのは、大ぶりの肉まんだった。鳴瀬は「ピザまんとカレーまん、あと餡《あん》まんもあるよ」と言って、カウンターの上にそれらを置いていく。

「こんな時間だからコンビニしか開いてなくてね。あ、コロッケもいる?」

ありがたくいただいた差し入れのおかげで、今夜の賄いのメニューが決まる。

テーブル席についた碧は、ほかほかのカレーまんにかぶりついた。向かいに座る菜穂もお腹《なか》がすいていたようで、肉まんをおいしそうに頬張っている。

カウンター席に腰かけた鳴瀬は、最後に残った餡まんを手に取った。隣でピザまんをかじる大樹に話しかける。

「最近、ずいぶん盛況みたいだね。雑誌の影響?」

「ええまあ……。売り上げがよくなったのはありがたいんですけど」

「いいことばかりじゃないって顔だな」

言葉の裏に隠された本音に、鳴瀬はすぐに気づいたようだ。

「取材、断ればよかったって思ってるんじゃないか?」

「いえ……。最終的に承諾したのは自分なので、今さらどうこう言うつもりはないです」

そうかと言った鳴瀬は、ややあって鞄の中から例の雑誌を取り出した。

「やっぱり話しておこうと思って。今回、この店がここに載ることになった原因っていうか、きっかけ? つくったのは誰だって話」

「どういうことですか?」

一瞬の間を置いて、鳴瀬はひと息で言う。

「実は、俺だったんだよ」

彼の言葉に大樹はもちろん、碧と菜穂もきょとんとした。

「鳴瀬さんが?」

「この特集の担当者、俺の知り合いでさ。三、四カ月くらい前だったかな。そいつと雑談してたときにポロっと出しちゃったんだよ。『ゆきうさぎ』の名前」

「その人に話したってことですか」

「そう。ほかにも何軒か挙げたんだけど、載ったのはここだけ。本人に問い詰めたら、一番知られてなさそうな店を選んだみたいでさ」

　鳴瀬は肩をすくめる。

「最初に挙げたのは身内の店だったんだけど」

「ご家族ですか？」

「まあね。でもそのあとにつぶれちゃったから、紹介のしようがないか」

　はは、と苦笑いした鳴瀬は、湯呑《ゆの》みに残っていたお茶を一気に飲み干した。

「酒の席だったからなぁ……。といっても俺は飲んでないけど。そういう店を教え合う感じになって、つい話しちゃったんだよ。『ゆきうさぎ』は取材に応じない店だってことも言ったけど、事後承諾で強引に進めたことをあとから知って」

　言葉を切った彼は「知り合いが勝手なことをして悪かった」と頭を下げた。

（そうか。だから……）

　碧は書店で会った鳴瀬の様子を思い出した。あのとき、やけにこわばった顔で雑誌を見ていたのはそのせいだったのだ。

　大樹を見ると、彼はピザまんが入っていた袋を折りたたみながら笑った。

「鳴瀬さんがあやまる必要ないですよ。別に悪いことを書かれたわけじゃないし、さっきも言いましたけど承諾していますから」

「けど」

「売り上げがいいのはありがたいことですよ。いまはバタバタしてますけど、時間がたてば落ち着くだろうし……。記事をきっかけに来店したお客が、また来てくれるようなサービスをするのが一番大事だと思ってるので」

どこか張りつめていた空気が、その言葉でふわりとゆるんだ。

今回の件については、大樹とて思うところがあるのは間違いない。しかし鳴瀬を気づかったのだろう。自分の感情よりも他人のことを優先するのは彼らしいなと思う。

「だから鳴瀬さんも、気にせずこれからも来てください」

「ありがとう。そう言ってもらえると気が楽になる」

ほっとしたように微笑んだ鳴瀬は、いきなり大樹の頭をわしゃわしゃと撫《な》でた。

「ちょ、何を……!?」

「いやホント、きみは若いのにしっかりしてるよなー！　十も年下には見えないよ」

「枯れてるってことですか……」

「褒めてるんだって。普通の会社員とかだったら引き抜いてたかもなぁ」

「どこにですか。――っていいかげんに放してくださいよ」

鳴瀬に好きなように翻弄《ほんろう》されている大樹は、普段よりも少しだけ幼く見える。めったに見られない光景だから新鮮だ。

一気になごやかになった雰囲気の中、肉まんを食べ終えた菜穂がにっこり笑う。

「大樹さんがいる限り、『ゆきうさぎ』は安泰《あんたい》ですね」

「しばらくは大変だろうけど、三人で頑張りましょう!」

碧もまた、力強くうなずいた。

しかし、物事というものはそう上手くは運ばない。

鳴瀬の来店から二日後。大樹と碧が夜の営業の準備をしていると、「ちょっといい?」と言いながら蓮《れん》が入ってきた。

「こんな時間にどうしたんだ。仕事は?」

「今日は休み。そんなことより……」

蓮はピーコートのポケットからスマホを取り出すと、何やら操作しはじめた。

「本当はこんなの見せたくないんだけどさ。あとで変な噂《うわさ》が耳に入るより、先に実物を確認しておいたほうがまだマシかなって」

「なんのことだ?」

「こっち、来てくれる?」

怪訝《けげん》そうな顔をしながら、大樹が厨房から出る。気になったので碧もあとに続いた。

「これだよ」

蓮が表示させたスマホの画面を、大樹と一緒にのぞきこむ。

「なにこれ……」

碧は思わず大樹を見上げた。彼は表情こそ変わらなかったが、唇を引き結んでいる。

答えを求めて視線を動かすと、蓮と目が合った。

「例の雑誌のサイトだよ。読者が意見とか情報を書きこんで、自由に見られる場所があるんだけど、そこに投稿されたもの」

記事に対する感想や意見が並ぶ中、ある書きこみが異彩を放っている。

内容は「ゆきうさぎ」を中傷するものだった。紹介記事に触れた上で、接客は下手だし料理もたいしたことがない、こんな店を取り上げる意味がわからない——といったことが、とげとげしい文章で綴《つづ》られている。

「匿名《とくめい》だな」

「そりゃそうだよ。だからこんなことも平気でやる」

ディスプレイに表示された、悪意に満ちた文章。たとえいたずらだったとしても、このようなことを平然と行う人がいるのかと思うとやりきれない。

「こういったあからさまな中傷はルール違反だから、たぶん運営側にすぐ削除されるだろうけど……。変に尾ひれがついて伝わってもあれだし、それなら先に教えておいたほうがいいかと思って」

蓮は大樹と同じく雑誌の読者で、渡仏する前から愛読していた。帰国後は電子版を読んでいるので、今回の書きこみにもすぐに気づいたそうだ。

「けど、気分悪くさせた。ごめん」

その表情を見たとき、彼がこのことを伝えるべきかどうか、だいぶ悩んだのだとわかった。大樹は「いや」と首を横にふる。

「露出が増えればこういうことも起こるだろ。しかたない」

「でもさ」

「こっちで対応できることでもないし、とりあえず様子を見よう」

知らせてくれてありがとなと、大樹は蓮の肩を軽く叩いた。

考えこんでいた蓮は、しばらくしてスマホをしまう。

「たしかに大樹の言う通りか……。サイトは俺が見張っておくよ。何かあったらすぐに知らせるから」

「ああ、頼む」

蓮が店をあとにすると、大樹が碧の顔を見た。

「そんな顔するなって。蓮にも言ったけど、商売やってればこういうこともある」

「そうかもしれないけど……」

「あんなことされたら、俺だって気分はよくない。けど誰が書きこんだかなんて調べようがないだろ。下手に気に病むよりはすっぱり忘れたほうがいい」

厨房に戻った大樹は、何事もなかったかのように仕込みを再開する。

(でも、わたしは気になるよ)

大樹の言葉は正論で、理解はできる。けれど自分は彼のように大人ではないから、「ゆきうさぎ」を悪く言う人がいてもしかたがないとは思えなかった。

しかし大樹が忘れろと言うのなら、これ以上蒸し返すこともできない。

ひそかについたため息が、重たく沈んでいった。


異変はサイトの書きこみだけにはとどまらなかった。

翌日、店の前にどこからか持ちこまれたゴミ袋が投棄される事件が起きた。早朝のことだったので碧は現場を見ていないが、憤慨する星花から話を聞いた。

『袋のまま捨てていったみたいなんだけど、カラスが突っついて破いちゃってさ。中身がぶちまけられててひどかったよ。それも生ゴミ！』

散乱する生ゴミに最初に気がついたのは「ゆきうさぎ」の隣で花屋を営んでいる女性だった。外に出てぎょっとしたその人が、母屋にいた大樹に知らせたのだという。その後は近所の人々で協力して、散らばったゴミを片づけたそうだ。

『冬だったからまだよかったですけど、これが夏なら悲惨《ひさん》でしたね……』

同席していた菜穂も眉をひそめていた。

碧が出勤したとき、店の前はいつもよりきれいになっていた。小さな違和感を覚えたのだが、まさかそんなことが原因だったとは。

『蓮兄から聞いたけど、ネットにも変な書きこみがあったんでしょ？　関係あるのかな』

いたずらにしては度を越している。これは立派な嫌がらせだ。

『でね。実は近所の人が怪しいヤツを目撃したんだよ』

『ほんとに？』

『うん。夜明け前にゴミ袋持ってうろついてた人がいたんだって。帽子かぶってジーンズ穿いてて。暗かったから男か女かはよくわかんなかったみたい』

星花はそれ以上のことは知らなかったので、そこで話を終わらせた。

サイトの書きこみはいつの間にか削除されていたが、心が休まるときがない。

『誰かの恨みを買ったのかもしれない。「ゆきうさぎ」に対してなのか、俺個人が恨まれてるのかはわからないけど』

さすがの大樹も、この件に関しては不快感をあらわにしていた。

しかしそれ以上に、彼は近所の人々に迷惑をかけたことに対して申しわけなく思っているようだった。

その日を境に、「ゆきうさぎ」の雰囲気は少しずつ沈んでいく。

これまで順調に動いていた歯車がくるいはじめると、いろいろなことが噛《か》み合わなくなってくる。連日の忙しさも相まって、碧と菜穂の仕事に普段はしないような初歩的なミスが出るようになってきた。それに伴いクレームの数も増えてしまう。

そして今日も、苛立《いらだ》ったお客の声が響き渡る。

「――ねえ、ちょっと！」

声をあげたのは、カウンター席の端に座っていた女性だった。

先ほど碧が接客した一見さんだ。年頃は碧とほとんど変わらないように見える。

若い女性のおひとりさまは、「ゆきうさぎ」ではめずらしい。昔ながらの小料理屋というのはなかなか入りにくい場所なので、度胸があるなと思っていた。

「聞こえなかった？　耳遠いの？」

「た、ただいま！」

碧はあわてて厨房から飛び出した。

「あの、いかがされましたか」

おずおずと声をかけると、彼女はじろりと碧を見上げた。

金に近い茶色に染めた長い髪。大きな目や小ぶりな鼻、色づいた唇は可愛らしいが、こちらに向ける目つきはきつかった。メイクは濃いのに服装やバッグはおとなしめで、そのアンバランスさが、どことなく危うい印象を抱かせる。

その顔をあらためて見たとき、碧の中に既視感がよぎった。

どこかで一度、会ったような……？

「人の顔じろじろ見ないでくれる」

我に返ると、彼女は自分の前に置いてある肉じゃがの皿を顎《あご》で示した。

「見るのはこっち。ここ、髪の毛入ってるんだけど？」

「えっ⁉」

「気づかないでうっかり食べちゃうところだった」

彼女が箸で芋をよけると、たしかに黒く細いものが具材にからまっている。

碧はとっさに頭を押さえた。まさか、自分の髪が？　それとも調理中に、あやまって入ってしまったのか。

細心の注意を払っているとはいえ、絶対にないとは言い切れない。

「この店は、お客にこんなものを出すんだ？」

「も、申しわけありません……！」

動揺のあまり、声が震えた。頭の中が真っ白になる。

経緯はわからないけれど、お客に不快な思いをさせてしまったのだ。とにかくあやまらなければと、碧はぎゅっとエプロンを握りしめた。

周囲から向けられる視線が、突き刺さるように痛い。頭を下げようとしたとき、肩に大きな手が置かれた。はっとしてふり向いた先に、いつの間にか厨房から出てきた大樹が立っている。

彼は肉じゃがの皿に目を落とすと、すぐに女性に向き直った。

「こちらの不手際です。お出しする前に確認するべきでした」

「これつくったの、あなた？」

「はい。せっかくご来店していただいたのに、ご不快な思いをさせてしまって申しわけありません」

　大樹は沈痛な面持ちで頭を下げた。

　それを見た女性の表情に、一瞬だけ気まずそうな色が浮かぶ。

「……しょせんその程度だったってことでしょ。『隠れた名店』が聞いてあきれるわ」

　彼女は勢いよく立ち上がった。そのまま店から出て行ってしまう。

　静まり返った店内に、乱暴に戸を閉める音が響いた。わずかな沈黙を経て、残されたお客たちがひそひそと話しはじめる。

　ぼうぜんとしていた碧は、床の上できらりと光る何かに気がついた。女性が座っていた椅子の下に、ターコイズブルーのピアスが落ちている。先ほどの女性がつけていたものと似ていた。

(今なら間に合う?)

　またあの女性に会うのかと思うと足がすくんだが、落とし物なら届けなくては。

　小さな花型のピアスを拾い上げた碧は、出入り口に向かいながら言った。

「雪村さん、すみません。ちょっと外に出ます!」

「タマ⁉」

飛び出した碧は凍《い》てつく空気に身震いしながら、左右に視線を投げる。

目を凝らすと、まっすぐ伸びた歩道の先に、明るい色の髪を流した背中を見つけた。道の真ん中で立ち止まっているようだ。

さらに近づくと、彼女が誰かと話していることがわかった。何やら言い争うような声が聞こえてくる。

――あの人は……？

相手が女性の腕をつかむ。その手をふり払った彼女は、駆け寄ってくる碧の姿に気がつくと、おどろいたように目を剝《む》いた。背を向けて走りはじめる。

「あの！　落とし物が……！」

呼びかけようとした碧の目が、その場に立ち尽くす人物の姿をとらえた。

「え……」

そこにいたのは、見覚えのある男性だった。

頬骨が目立つ顔に、鋭い眼光。先月に「ゆきうさぎ」をおとずれ、碧が覆面調査員ではないかと疑った人物だ。

なぜここにこの人が？

男性のほうも碧を憶えていたのか、その表情にわずかな動揺が走る。

「……『ゆきうさぎ』の方ですね」

「はい……」

「彼女が何かしでかしましたか?」

しでかした?

まるであの女性が悪いことでもしたかのような口ぶりだ。

「いえその、落とし物を届けようとして」

握りしめていたピアスを見せると、男性はちらりと目線を落とした。

「わかりました。それは私があずかって、彼女に届けましょう。知り合いなので」

思わぬ申し出に迷ったが、彼が本当に女性の知り合いなのかはわからない。

何か言い争っていたようだし、失礼だがもしかしたらストーカーとか、危ない人だという可能性もある。以前に顔を合わせてはいるけれど、この人については名前すら知らないのだ。

迂闊《うかつ》なことはできないと思った碧は、やんわりと断った。

「こういったものはご本人に直接お返ししたいので……」

食い下がるかと思ったが、男性は「そうですか」とあっさり納得する。

「待っていても取りには来ないと思いますが……。もし彼女と連絡をとりたければこちらに電話してください。携帯のほうなら通じます」

男性は一枚の名刺を碧に押しつけた。

「はやく戻ったほうがいいですよ。その格好だと風邪を引く」

最後まで冷静な顔を崩すことなく、彼は碧の前から去っていった。

(結局あの人、何者だったんだろう……?)

名刺に印刷されていたのは飲食店らしき店の名と住所に、二種類の電話番号。そしておそらくは、先ほどの男性のフルネーム。

――鳴瀬亨――

「……ナルセトオル?」

無意識にこぼれた声が、夜の闇に溶けていった。


料理に入っていた髪の毛は、大樹と碧、どちらのものでもなかった。

落ち着いてよく調べてみれば、色や太さはもちろん、長さもだいぶ違う。調理中にあやまって入ったわけでも、運んだときに混入してしまったわけでもなかったのだ。

では、これはいったい誰の髪の毛なのだろう。

「材料はちゃんと洗ってるし、鍋についていたっていうのも考えにくいな。そもそも俺やタマの毛じゃないし……」

調理器具を確認する大樹の横で、碧は先刻、外で会った男性の言葉を思い出していた。

『彼女が何かしでかしましたか？』

(まさか、あの髪の毛って……)

答えが出ないまま二十三時を迎え、閉店となる。

暖簾をとりこんだ碧が店内に戻ったとき、大樹はテーブル席の椅子に座っていた。椅子の背に体をあずけ、なんとなく放心して見えるのは、たぶん気のせいではない。

「さすがに……」

「え？」

碧と目を合わせた大樹は、力なく笑った。

「今日は堪《こた》えたな」

淡々とした短い言葉に、彼の苦悩が凝縮されていた。

連日の嫌がらせに、今日の事件。ただでさえ心身が疲れているところに、自分がつくった料理がらみのトラブルが起こってしまったのだから、参ってしまうのも無理はない。

めったに見せない弱々しい姿。見ているとこちらまで苦しくなってくる。

――何かないだろうか？　彼のためにできること……。

沈んでいる大樹を元気づけてあげたかった。けれど自分には、嫌がらせの原因をつきとめたり、解決させたりするような力はない。

それでも何か、できないだろうか。少しの時間でもいいから、憂鬱《ゆううつ》な気分をふり払えるようなことが。

（そうだ……）

碧はそっとテーブルに近づいた。

「雪村さん。今日の賄い、わたしがつくってもいいですか？」

「タマが？」

「いつもつくってもらってるし、今日くらいは。それと残り物じゃなくて、好きな食材を使わせてもらえると嬉しいんですけど」

遠慮がちに申し出ると、瞬きした大樹は「いいよ」と許可をくれた。

「ちょっと時間がかかるかもしれないけど、待っててもらえますか？」

「好きにしな」

厨房に入った碧は、まずは食材を確認した。さすがは小料理屋と言うべきか、残り物に限定しなければ、だいたいのものはそろっている。

（これ、鯵《あじ》かな？　雪村さん好きだよね）

冷蔵庫に入っていた生魚は、まだ捌《さば》かれてはいない。大樹に教わってから何回か挑戦したが、正直に言えば苦手だった。だから家で食事をつくるとき、魚はすでに切り身や干物になっているものばかり買っている。

一瞬、魚ではなくて肉を使おうかと考えたが、思い直して包丁を握る。

（こ、これも雪村さんのため……！）

鱗《うろこ》をとって頭を落とし、もっとも苦手とする内臓とりも、我慢しながらなんとか終わらせた。苦戦しつつ三枚におろした鯵の身を包丁で叩いて細かくした後、味噌や生姜、片栗粉などを混ぜてすり身にしてからひと口大に丸めていく。

大根や長ネギ、水菜といった野菜は適当な大きさに切り分けて、硬いものは下茹《ゆ》でしてやわらかくしておいた。

そして昆布と鰹節《かつおぶし》でとった出汁《だし》を調味料と合わせ、味噌仕立てのスープをつくる。

下ごしらえを終えた碧は、ふうっとひと息ついたあと、棚の中から店で使われているカセットコンロを取り出した。厨房を出て、大樹が待つテーブルの上に置く。

「もしかして……」

「やっぱり、冬はこれでしょう！」

にっこり笑った碧は、コンロの上に土鍋をのせた。スープを投入して煮立たせてから、鯵でつくったつみれ団子を落としていく。

野菜を加えていい具合に煮込まれた鍋から、味噌の香りがたちのぼる。

「これなら体もあたたまりますよー。たぶんおいしいと思います」

「そこは絶対って言えよ」

碧が向かいの席に座ると、微笑んだ大樹が木製のお玉を手にした。湯気立つ具材を取り皿によそうと、ほらと言って碧に差し出す。

やっぱりどこまでも、この人は他人のことを優先するのだ。

「それじゃ、わたしは雪村さんのぶんを」

取り皿を受け取った碧は、お返しに彼が食べるぶんをよそって渡した。

大樹がつみれを口にするのを、どきどきしながら見守る。

「……美味《うま》い」

短いひとこと。だけどそこには大樹の心がこもっている。

「スープは合わせ出汁に味噌か。コクが出ていいな」

「合わせ出汁だけだと、ちょっとあっさりしてるかなーって思ったので」

「なるほど。それなら次は、豆板醤《トウバンジャン》かコチュジャンを入れてみたらどうだ？」

「いいですね！　実はこのお鍋、先週うちでつくったばかりだったんですよ。鍋物が食べたいって言われたから。三枚おろしも頑張ってみました」

「玉木《たまき》さんか」

「はい。最初からセットになってるものを買うこともできたんですけど、チャレンジしてみてよかったです。やっぱり手づくりのほうがおいしい気がするし」

「そうだな」

「ちょっとは元気、出ましたか？」

取り皿を置いた碧は、正面に座る彼をまっすぐ見据える。

「いろいろあって大変ですけど、やっぱり雪村さんの元気がないのはさびしいなって思って。わたしにできるのはこれくらいだから」

「………」

「憶《おぼ》えてますか？　はじめて会ったとき、雪村さんがつくってくれたほうれん草のポタージュとおにぎり」

「ああ……」

「あのときは何も食べる気がしなくてほんとにつらかったけど、あれだけはおいしく食べられたんです。だから今度は、わたしが雪村さんのためにつくってあげたくて」

あの日、碧は彼がつくった料理に癒《いや》された。

お腹の中からあたたまり、こわばっていた心もほぐれていった。大樹の料理は食欲をなくしていた碧に、食べることの楽しみを思いださせてくれた。

大樹と出会ってバイトをはじめ、料理をするようになって七カ月。

まだまだ大樹には遠く及ばないけれど、自分もあのときの彼のように、料理で誰かの心をあたためてあげることができたらと思う。

「ご飯を食べているときだけは、能天気でも楽しい話をしませんか？　えーと……武蔵の肉球にさわってみたいとか」

「は……？」

「さわりたいんです。ほんとは体も撫でまわしたくて。あのふかふかの毛を！」

大樹は面食らったが、かまわず続ける。

「あとは……。そうそう、クリスマスケーキはどこで買うとか」

少しの間を置いて、大樹が答える。

「……ケーキだったら桜屋《さくらや》だろ。あそこの苺ショートは美味い」

「蓮さんのお店も捨てがたいですよ。チョコレートケーキが絶品です」

「なら両方で買うか」

「そうしましょう。わたし、そのときばかりはたくさん食べますよ！」

いつも食べてるだろと言った大樹は、ふっと顔をほころばせた。

誰かの気持ちが沈んでいるときは、心をこめて料理をしよう。そして、そばにいるときは寄り添いたい。おいしいものを食べながら。

「タマ」

顔を上げると、大樹は静かに唇を動かした。

ありがとう。

どれだけ飾った言葉よりも、たったひとことのそれが、何よりも嬉しかった。


騒動から一夜が明けた。

碧が店で仕込みの手伝いをしていると、何日かぶりに鳴瀬がやってくる。

「聞いたよ。ゆうべは大変だったね」

「もう知ってるんですか？」

「俺の情報網を甘く見ないでほしいな。ああ、心配しなくても悪い噂が広まってるわけじゃないよ。さっき、本屋でミケちゃんから聞き出しただけ」

あっさり種を明かして、鳴瀬は右手に持っていた手帳を開いた。

菜穂はその場にいなかったが、昨夜、家に帰った碧がメールで状況を説明していた。その話を聞いたのだろう。

「ミケちゃんが知らないことで、ひとつ確認したい件があって。ゆうべクレームをつけてきたのって、ここに写ってる子？」

言いながら、鳴瀬は手帳に挟んであった一枚の写真を向ける。

大樹は厨房から身を乗り出して、写真を見た。

「女性のほうですよね。――そうです」

答えを聞いたとたん、鳴瀬は「やっぱり」と肩を落とした。

「でもこっちの男性にも見覚えがあるような……」

首をひねる大樹の横で写真をのぞきこんだ碧は、はっと息をのんだ。

どこかの店のカウンターを背景に、写っているのは一組の男女。女性のほうは化粧っ気がなく、髪の色が少し違っていたが、昨日のお客に間違いない。

そして彼女の隣に立っているのは――

「ナルセトオルさん！」

その名を口にした瞬間、鳴瀬の眉がはね上がる。

「タマちゃん、なんでその名前を？」

昨日渡された名刺を差し出す。鳴瀬は一瞥《いちべつ》した後、碧に視線を戻した。

碧は、男性が先月「ゆきうさぎ」をおとずれたこと、そして昨日は、クレームをつけた女性と言い争っていたところを見たことを話す。

「そういうことか……」

「この人と鳴瀬さんって、何か関係があるんですか？　苗字も同じですよね」

写真を持っているし、名前に反応したのだから間違いないだろう。

頬をかいた鳴瀬は、しばらくしてうなずいた。

「ぜんぜん似てないだろうけど、亨は俺の従弟《いとこ》だよ」

「親族の方だったんですか……」

「お互いひとりっ子だからさ。感覚としては兄弟に近いかな」

ふたりはどちらも同じ市内に住んでいて、現在も仲は悪くない。そのためときどき食事をしたり、電話で話をしたりすることがあるようだ。

「前に俺が言ったこと、憶えてない？　身内が店をやってたって」

「そういえば……」

「亨は『ゆきうさぎ』の近くで小さな居酒屋をやってたんだよ。ここから五分くらい歩いたところかな。俺はたまーに行くくらいだったけど、身内の贔屓を除いてもなかなかいい店だった」

そもそも一月に再開した「ゆきうさぎ」に来店することになったきっかけは、近くにある従弟の店に行こうとして、たまたま駅前にいたからだったという。そこで武蔵に遭遇し、奪われた車の鍵を取り返すため追いかけているうちに、「ゆきうさぎ」の前にたどり着いたそうだ。

「いい店だったけど、残念ながらそんなに流行《はや》らなくてね。裏通りにあって目立たなかったし、『ゆきうさぎ』みたいに昔からの固定客がいたわけでもなかったから。結局、売り上げ不振で三年で閉めることになって」

それが、先月のはじめごろだったようだ。

「――で、この子のことだけど」

鳴瀬は写真の女性を指で示す。

「名前は鴇田《ときた》千聖《ちさと》。一年半くらい前から亨の店でバイトしてた子だよ。根は悪い子じゃないんだけど、ちょっと感情の振れ幅が大きくてね。思いこみが激しいところがあるっていうか。亨と仲がよくて、店が危なくなったときはなんとかしようと必死だったな」

「………」

「亭に内緒で俺に借金を申しこんできたときは、さすがに仰天したけどね。いろいろやっても結局、焼け石に水だったけど……」

なんとなく、鳴瀬が言いたいことがわかってきた。

「だからゆうべの話を聞いたとき、もしかしたら千聖ちゃんの仕業じゃないかって思ったんだよ。あの子、前から『ゆきうさぎ』をライバル視してたから」

「そうなんですか？」

「大樹くんは意識もしてなかっただろうけど、『ゆきうさぎ』は亭の店にとって、距離的には一番近い競合店だったからね。ミケちゃんから聞いたけど、クレーム以外にも嫌がらせがあったんだって？」

「ええまあ……」

「そのすべてがあの子のせいだとは言い切れないけど、可能性は高いかもな」

鳴瀬は苦々しい表情で言った。

「逆恨みの因縁ってやつかなぁ……」

亭の店がつぶれてしまったのに、近くにある「ゆきうさぎ」は常連客にも恵まれて、安定した経営を続けている。千聖はそれが気に入らなかったのだろうか？

もしそうだったとしたら、たしかに逆恨み以外の何物でもない。

――でも……。

碧はあらためて、千聖が写っている写真を見た。

亨に寄り添う彼女は、昨日のきつい顔とはまったく違う、優しくて幸せそうな笑みを浮かべていた。千聖にとっての亨と店は、それほどまでして守りたかった、たいせつなものなのかもしれない。

「とりあえず今夜にでも、亨と話をしてみるよ。千聖ちゃんのことも含めて」

だからこの件はまかせておいてくれないかと頼まれ、大樹は承諾する。

去っていく鳴瀬を見送った碧は、ぽつりと言った。

「鳴瀬さんの言う通り、嫌がらせも千聖さんがやったのかな……」

「……さあな」

大樹は一瞬だけ目を伏せて、黙々と仕込みを再開した。

二日後――

翌々日はクリスマスイブ。町は盛り上がっていたが、千聖にとっては別世界の出来事のように遠く、関係のないことに思えた。

重たい足を引きずって歩いているうちに、ついにたどり着いてしまった。もう二度と行きたくない――いや、行けるはずのない店に。

「千聖」

前を歩いていた亭がふり向き、名前を呼んだ。

「ねえ、ほんとに行かなきゃだめ?」

亭は何も言わずに、千聖の右手をとった。そのまま握りしめ、「ゆきうさぎ」の格子戸に近づいていく。もう逃げられない。

「あれ……」

ふいに亭が声をあげた。店の軒下《のきした》に一匹の猫が座っている。

「のりまき!」

千聖は思わずその猫のもとに駆け寄った。

一年半ほど前、後ろ脚に怪我《けが》をしていたところを千聖が見つけ、亭が動物病院に連れて行った猫だ。それ以降、亭の店の周囲をうろつくようになったのだが、最近は見かけなかったので気になっていたのだ。元気にしているようでほっとする。

のりまきという呼び名は、黒白の色合いがそれを思わせると言って亭がつけた。目つきの悪さがなんとなく亭に似ていたので情が湧き、千聖も可愛がっていた。

立ち上がったのりまきは、千聖の足下にすり寄った。小さく鳴いて、離れていく。

遠ざかる姿を見送っていると、「行こう」と言った亨が千聖の手を握り直した。

営業中は迷惑になるからと、亨は準備中の時間を選んでいた。ガラガラと音を立てて戸が開くと、中から男性の声が聞こえてくる。

「すみません。まだ準備中で……」

千聖の手を引いて、亨が店内に入る。厨房には店主である若い男性とポニーテールの女性がいた。自分と同い年くらいに見える彼女は直接因縁をつけた相手だったので、気まずさからとっさに目をそらし、亨の背中に隠れる。

「お忙しいところすみません。少しお話ししてもいいですか」

ぽかんとしていた店主は、亨の言葉で我に返る。

とりあえず座ってくださいと言われたが、亨は「いえ」と固辞した。

「お気づかいなく。今日は謝罪にうかがったので」

「謝罪、ですか……」

「はい。昨日、隼人《はやと》さんから電話がありまして」

「ハヤト?」

首をかしげる店主と女性。亨が「従兄《いとこ》です」と言うと、合点がいった顔になる。

「あの人、そんな名前だったんですね。苗字しか知らなくて」

「だいたいのことは聞きました。そのあと千聖とも話して、彼女が何をしたのかも」

亨は自分の後ろに隠れていた千聖に目をやった。昨夜と同じ、厳しい声で告げる。

「ゆうべ俺に話したこと、この人たちにも話すんだ」

昨日、千聖は隼人の電話を受けた亨に呼び出された。そこで「ゆきうさぎ」で起こった一連の出来事について問い詰められ、すべてを話している。

「千聖」

前に押し出された千聖は、厨房に視線を向ける。

ここまで来たらもう、覚悟を決めるしかない。うなだれた千聖は小さく息を吸う。

「……ごめんなさい」

「え?」

「お店に嫌がらせをしたのも、肉じゃがに髪の毛を入れたのも、ぜんぶあたしがやったことです……」

料理に髪の毛を入れて騒ぎ立てたのは、千聖の自作自演だった。

雑誌のサイトに書きこみを投稿したのも、自分だとばれないように変装して店の前にゴミを捨てたのもそうだ。

最初の書きこみは衝動的だったが、一度悪意のスイッチが入ってしまうと、自分の中の何かが麻痺《まひ》する。気づいたときには自分でも止められなくなっていた。

「どうしてそんなことを？」

店主の声音《こわね》には、予想していた棘《とげ》はなかった。感情的に怒鳴ることはせず、詰問するわけでもなく。普通に疑問を投げかけてくる。

「亭さんの……お店。閉店したのがショックで。お料理もおいしくて、すごくいいお店だったのに。亭さん、顔は怖いけどいい人で、高校サボってばっかで就職もできなかったあたしを雇ってくれて……」

そんなとき、ふとした拍子に見てしまったのだ。あの雑誌を。

亭の店はつぶれたのに、なぜ「ゆきうさぎ」は華々しく紹介されているのか。

どうせたいしたことのない店なのに、なぜ――

憎しみに火がつき逆恨みとなり、いつの間にかサイトに書きこみをしていた。それを機に、一連の嫌がらせがはじまったのだ。

隼人から連絡をもらう前から、亭は千聖の様子がおかしいことに気づいていた。千聖が「ゆきうさぎ」を飛び出したあとにばったり会ったのも、もしかして店に行っているのではないかと疑った亭がそちらに向かっていたからだ。

そのときは強引に話をはぐらかしたが、昨夜はごまかせなかった。

『明日、店の人にあやまろう。俺も一緒に行くから』

その言葉で、千聖はようやく我に返った。

自分は何をしていたのだろう。自分の勝手なふるまいが、結局は亨にも迷惑をかけてしまった。それでも彼は見捨てることなく、一緒にあやまろうと言ってくれたのだ。

「本当にごめんなさい……！」

千聖が深く頭を下げると、隣に立つ亨も同じように謝罪する。

「ご迷惑をおかけして申しわけありませんでした」

店主の反応をおびえながら待っていると、やがて困ったような声が聞こえてきた。

「……事情はわかりました。とりあえず、ふたりとも顔上げてください。どうも俺、そうやって頭下げられるの苦手で」

意外な言葉に、千聖はおずおずと頭を上げる。

「まずは座って。――タマ」

はいと答えて厨房から出てきたのは、タマと呼ばれた女性だった。

彼女は困惑する千聖と亨を、カウンター席の椅子に座らせる。思わぬ事態に戸惑っていると、彼女は「そうだ」と言って店の奥に消え、すぐに戻ってきた。

「これ、千聖さんのものじゃないですか？」

「あ……」

彼女の手のひらにあったのは、失《な》くしたピアスの片割れだった。ここで落としたかもしれないと思ってはいたが、問い合わせることもできずに悶々としていたのだ。

「ありがとう、ございます……」

先月、二十歳《はたち》の誕生日に亨からもらったそれを、千聖はそっと握りしめる。

「半端な時間だけど」

そう言って店主が千聖の前に置いたのは、肉じゃがの入った皿だった。はっとして青ざめたが、何かを咎《とが》めているというわけではなさそうだ。

「この前は結局、食べられなかっただろ。よかったらどうぞ」

「あの……。怒ってないんですか？　あたしあんなことしちゃって……」

「本気で反省してるなら、俺から言うことはないよ」

ほんのり甘い、醤油《しょうゆ》の香り。吸い寄せられるようにして箸をとった千聖は、肉じゃがを口に運んだ。あたたかくて優しい味が、緊張していた心をほぐしていく。

「おいしい……」

「うちの一番人気ですからね」

嬉しそうに言った女性がお茶を淹れ、千聖と亨の前に置く。

「亨さんは召し上がったことありますよね？　先月の終わりに」

「ええ……。あのときは質問攻めにしてすみませんでした」

千聖は目を丸くした。どうやら亨は、最近この店に来たことがあるらしい。

「女将さんがいらっしゃったときは何度か来たことがあるんですが、代替わりしてから入ったのははじめてでした。ご店主が代わると、やっぱりいろいろと違いましたね。参考になりました」

「参考？」

湯呑みを手にした亨は、少しの間を置いて口を開く。

「――新しい店をつくるときに、役に立てばと」

目を見開いた千聖に、亨は苦笑いをしながら続ける。

「一店舗つぶした身で言うことかって感じかもしれないけど。やっぱりあきらめたくないから。何年かかっても、もう一度やってみようと思ってる」

「で――」

顔を輝かせた千聖は、亨の手をぎゅっと握りしめた。

「できるよ！　やろう！　あたしも頑張ってお金ためるから！」

「いつになるかはわからないし、叶わないかもしれなくても?」

「それでもいいよ……!」

落ち着けと笑った亭が、今にも立ち上がりそうな千聖の肩を優しく叩く。

ふたりの姿を見つめながら、店主と女性がおだやかに微笑んだ。


「こんばんはー」

亭と千聖の訪問から数時間後、閉店まぎわにやってきたのは鳴瀬――隼人だった。

「いらっしゃいませ」

「いらっしゃいました」

笑顔で返した隼人は、碧の頭をくしゃりと撫でる。

「この時間はさすがに空いてるね。よかった」

カウンター席に腰を下ろした彼は、「昼からほとんど食べてないんだよ」と苦笑しながら料理を注文した。飲み物はもちろんウーロン茶だ。

お通しの揚げ出し豆腐を出した大樹が話しかける。

「さっき、亭さんが来ましたよ」

「みたいだね。千聖ちゃんと一緒にあやまったんだって？　……何度も言うようだけど、悪い子じゃないんだよ。けど今回はさすがにやりすぎたな」

隼人は揚げ出し豆腐に箸を入れる。

「亨から聞いたんだけど、あの子あんまり家族とうまくいってないみたいでね。高校時代はだいぶ荒れてたんだってさ。それで卒業と同時に家を出て、かけもちバイトで生活してたときに亨と知り合ったみたいで」

「そうだったんですか……」

「俺は亨のことも千聖ちゃんのことも知ってるから、どうしても向こう側に甘くなるんだよ。それを踏まえて聞いてほしいんだけど」

手を止めた隼人は顔を上げ、真剣な面持ちで大樹を見据えた。

「勝手な言い分だってことはわかってる。でも今回の件、穏便にすませることはできないかな。この先『ゆきうさぎ』の不利益になるようなことは絶対にさせないから」

大樹は迷わなかった。最初から決めていたように、はっきりと答える。

「ええ、そのつもりです」

「いちおう聞くけど、それでいいの？」

「かまいません。反省してるのは伝わってきたし、こちらとしてもあまり事を荒立てたくはないので」

「……ありがとう」

隼人はほっと息を吐いた。眉を寄せて「だけど」と続ける。

「千聖ちゃんの悪意を増長させるきっかけは、あの雑誌だったんだよな……」

「だから鳴瀬さんのせいじゃないですって。直接関係があるわけでもなし」

「いや、そのことなんだけど……」

彼が何かを言いかけたとき、格子戸が開いた。ぱりっとしたスーツを着こなした男性があらわれる。

「げっ」

顔を向けた隼人が、カエルがつぶれたような声を出す。

つかつかと近づいてきた男性は、隼人の前で足を止めた。

「お迎えに上がりました。社長」

「え？」

碧と大樹は、彼の言葉にそろって目を丸くする。

「至急、確認していただきたいことがありまして。ご休憩中に申しわけありませんが、お戻りください」

「あ――……。せっかくの貴重な癒し時間だったのに」

頭をかいた隼人は、ため息をついて立ち上がった。碧と大樹の顔を横目で見ながら、上着の内側に手を入れる。

「今さらだけど、どうぞ」

ケースから引き抜いた一枚の名刺を大樹に手渡し、隼人はにやりと笑った。

「あの雑誌の編集には、直接はかかわってないんだけどね。関係者ではあるんだよ」

「はい？」

「来年もお邪魔させてもらうつもりだから、そのときはよろしく」

注文したぶんの代金をきっちり支払い、男性を従えた隼人は颯爽《さっそう》と去っていく。

その姿が見えなくなると、碧と大樹は渡された名刺に目を落とした。

そこに記されていたのは、今回の騒動の発端となった雑誌を発行している、イベント企画会社の名前。

――代表取締役　鳴瀬隼人――

碧と大樹は言葉もなく、お互いの顔を見合わせた。

終章　深夜0時の店仕舞い

「ありがとうございましたー」

十二月二十九日。二十一時五十二分。

最後のお客を外まで見送りに行った碧《あおい》の声が、大樹《だいき》のいる厨房《ちゆうぼう》まで聞こえてきた。

「今年もついに終わりですねぇ」

開いたままの戸を見つめながら、近くにいた菜穂《なほ》がしみじみと言う。

「あと二日あるだろ」

「お店は今日までじゃないですか」

明日から一月三日まで、「ゆきうさぎ」は年末年始の休みに入る。今日は最終日ということで、特別に閉店を一時間繰り上げた。

「ミケさんは実家に帰省するって言ってたな」

「ええ、明日の飛行機で。向こうに帰るの一年ぶりなんですよね」

「そうか。親孝行してこいよ」

「頑張ります。けど実家っていつも何かしらおいしいものがあって、居心地いいからついゴロゴロしちゃうんですよ……」

そして気がついたら太っているんです！　と、菜穂は両の頬《ほお》を手で押さえた。

しばらく大樹を悩ませていた嫌がらせは、数日前、亨《とおる》と千聖《ちさと》が謝罪に来た日を境にぴたりと止んだ。雑誌の影響はまだあるが、年が明ければ落ち着くだろう。

これでなんとか、平穏に年を越せそうだ。

胸を撫《な》で下ろしたとき、暖簾《のれん》を取りこんだ碧が店内に戻ってきた。

「今年の営業、終了でーす」

「よし。やるか」

菜穂が片づけと掃除をしている間に、大樹と碧は並んで準備をはじめる。

鶏《とり》ひき肉で団子のタネをつくり、海老《えび》の下ごしらえもすませておく。野菜は食べやすい大きさに切り分けて、椎茸《しいたけ》には傘の部分に飾り包丁を入れた。

「せっかくだから、ニンジンも可愛《かわい》くしましょう」

「はいはい」

小さく笑った大樹は、碧の要望通り、抜き型を使ってニンジンを梅の花にくり抜いた。

鰹節《かつおぶし》と昆布の合わせ出汁《だし》でスープをつくれば、あとは具材を入れて煮込むだけ。

「大兄《にい》、何か手伝うことあるー?」

厨房の入り口から、星花《せいか》がひょっこりと顔をのぞかせた。食器の用意を頼むと、棚から大人数用の土鍋や皿を取り出して、奥の座敷に運んでいく。

「ちょっと蓮《れん》兄！　いつまで寝てんの。もうすぐできるよ！」

座敷から星花の声が飛んでくる。

仕込みを終えた具材を持って、座敷に向かう。そこには営業最終日の今日、皆で鍋パーティーをやろうと企画した碧と菜穂の呼びかけに応じた面々がそろっていた。

座卓の前に並んで座っているのは、菜穂と星花。彼女たちの向かいでは、碧の父である浩介《こうすけ》が日本酒の熱燗《あつかん》を手酌で楽しんでいる。隼人《はやと》が仕事の都合で来られなかったのは残念だが、忙しい立場だからしかたがない。

そして畳の上には、仕事を終えて直接ここまでやってきた蓮が、折り曲げた座布団を抱きしめながら幸せそうに眠りこけていた。

「なんかこの人、おいしそう……」

そこはかとなく洋菓子の甘い香りをただよわせている蓮を、そばにいた空腹の菜穂がじいっと見つめている。

「蓮兄起きてー！　ミケさんに食べられちゃうよ！」

星花がその背中をばしっと叩く。

のっそりと起き上がった蓮が、「俺はおいしくないよ」と言いながらあくびをした。

大樹は鶏肉団子と野菜を盛った土鍋をカセットコンロの上に置き、火をつける。土鍋の中を見た浩介が、嬉《うれ》しそうに微笑んだ。

「寒いときはやっぱりこれだよね。体もあたたまるし」

「スープ入れるよー」

父親の隣に腰を下ろした碧が、つくっておいたスープをお玉で回し入れていく。ぐつぐつと音を立てて煮込まれる寄せ鍋は、見ているだけで食欲を誘った。

畳の上にあぐらをかいた大樹は、座卓に目をやりつぶやいた。

「さりげなくうさぎが侵出してるな……」

「可愛いからいいんです」

箸《はし》置きだけではない。皿や茶碗、湯呑《ゆの》みに醬油《しょうゆ》差しなど、店に置いてあるうさぎの模様の食器や置物は、すべて碧が食器店や陶器市で見つけてきたものだ。女性客アップ作戦とやらは今も続いている。

「人によって好きな鍋って違いますよね。わたしはカレー鍋が好きだな」

碧が話題をふると、大樹は少し考えて答えた。

「俺は魚介類ならなんでもいい」

「おでんもいいけど、湯豆腐もいいなあ」

「ブイヤベース」

「えー？　すき焼きでしょ」

「すき焼きいいですね。鶏鍋とかも。とにかくお肉ですよ」

それぞれの好みが飛び交った。鍋談議に花が咲き、はじまってから一時間もたたないうちに、土鍋に残るのはスープのみとなる。

ご飯と卵を割り入れ、最後は雑炊で締めた後、宴会はお開きになった。

「大兄、ごちそうさまー」

「これで明日も頑張れる……」

まずは星花と蓮が腰を上げた。蓮のマンションは遠いので今夜は実家に泊まることになり、ふたりで店をあとにする。

「大樹さん、タマさん。それではまた来年に」

雪だるまのごとく着ぶくれた菜穂も、礼儀正しく頭を下げて帰っていく。

そして大樹と碧、浩介の三人が残された。碧と浩介は座敷を片づけ、鍋や食器を洗うところまで手伝ってくれる。

「さて……。片づけも終わったし、私たちもお暇《いとま》しようか」

「そうだね」

お気に入りのコートに袖《そで》を通し、マフラーを巻いた碧は、戸を開けた父親のあとに続いて外に出た。見送りのために、大樹も戸をくぐる。

「大ちゃん、今日はありがとう」

「こちらこそ、つき合っていただいてすみません」

「いや、久しぶりに若い子たちに囲まれて楽しかったよ」

酒のせいか、浩介はほんのりと上気した顔をほころばせた。

「雪村《ゆきむら》さん、よいお年を」

笑顔で会釈《えしゃく》した碧は、浩介と並んで夜道を歩き出した。

ふたりの姿が遠くなると、大樹は店の中に戻った。

がらんとした店内を見回す。先ほどまでにぎやかだったせいか、静まり返った空間はどこか物足りなく、さびしさを感じた。

──母屋《おもや》に戻るか……。

時刻は深夜零時を回っている。掃除も売り上げの計算も明日でいい。とりあえず売上金だけ金庫にしまっておこうとして、レジに近づいたときだった。

「雪村さーん。すみませーん」

戸の向こうから聞こえてきた声に、おどろいた大樹は足を止めた。それが碧の声だとわかると、すぐに戸の鍵を開ける。

そこには予想通り、少し前に別れたはずの碧が立っていた。

「どうした。忘れ物か？」

「いえ。ほらそこ、武蔵《むさし》がいるんですよ」

彼女の視線の先をたどると、たしかに軒下《のきした》には武蔵が座っている。

「さっき、道ですれ違ったんです。もしかしたらここに行くつもりなのかなって思ったら大当たりで。気になってついてきちゃった」

大樹と目が合うと、武蔵は何かをねだるように鳴き声をあげた。閉店後だし、相手は猫だけれど、せっかく足を運んでくれた最後のお客に何も出さないわけにはいかない。

「何かあったかな……」

冷蔵庫を見ると、鱈《たら》の切り身が残っていた。一年前のあのときのように、湯がいて武蔵の前に出す。

「よかったね」

碧はその場にしゃがみこみ、武蔵を見つめた。食べるのに夢中になっているからか、今日は彼女が近づいても警戒しない。

ふいに、碧は体を縮こまらせた。両手を寒そうにこすり合わせる。

「いつまでもここにいたら風邪引くぞ。そろそろ帰れ」

「そうですね」

立ち上がった碧は、ふたたび大樹と向き合った。

「雪村さん、さっきは楽しかったですね」

「ああ」

「今年はいろいろとお世話になりました。来年はもっと雪村さんの役に立てるように頑張りますね」

努力家の彼女らしい言葉に、自然と口元がゆるむ。

「じゅうぶん役に立ってるよ」

「目標は高く！　ですよ。料理の腕ももっと上げたいし……って、父を待たせてるんだった。はやく戻らないと」

それじゃ、と頭を下げて背を向けた碧に、大樹はとっさに声をかけていた。

「――タマ」

「はい？」

碧はすぐにふり返った。呼び止めたのはなぜなのか、自分でもよくわからない。

言葉を待つ彼女に何を言うべきなのか。考えた末に口を開く。

「年が明けたら初詣《はつもうで》に行くか」

「え……」

「来年もよろしく」

ぱちくりと瞬《またた》きした碧は、やがて嬉しそうに笑った。

「こちらこそ、よろしくお願いします」

女将《おかみ》を亡くした一年前、ひとりではじめた小料理屋。

この一年、「ゆきうさぎ」には多くのお客がおとずれた。そして同時に、自分のまわりに集う人も増えていった。

その筆頭に挙げるとすれば、それはきっと目の前にいる彼女なのだろう。

微笑んだ大樹は、数日後に迎える二年目に思いをめぐらせた。

※この作品はフィクションです。実在の人物・団体・事件などにはいっさい関係ありません。

集英社オレンジ文庫をお買い上げいただき、ありがとうございます。
ご意見・ご感想をお待ちしております。

● あて先
〒101-8050　東京都千代田区一ツ橋2-5-10
集英社オレンジ文庫編集部 気付
小湊悠貴先生

ゆきうさぎのお品書き

6時20分の肉じゃが

集英社
オレンジ文庫

2016年2月24日　第1刷発行
2025年6月8日　第9刷発行

著　者　小湊悠貴
発行者　今井孝昭
発行所　株式会社集英社
〒101-8050東京都千代田区一ツ橋2-5-10
電話【編集部】03-3230-6352
【読者係】03-3230-6080
【販売部】03-3230-6393（書店専用）
印刷所　TOPPANクロレ株式会社

ISBN 978-4-08-680067-9 C0193

集英社オレンジ文庫

かたやま和華

きつね王子とひとつ屋根の下

芸能誌の新米編集者・流星《ながれぼし》きららは、
都内の古い洋館で祖母と二人暮らし。
ある朝目を覚ますと、やけに綺麗な
顔をした青年が。遠い親戚の美大生、
流星桜路《おうじ》だという彼は、
じつは九尾の狐の子らしくて――!?

集英社オレンジ文庫

高山ちあき

かぐら文具店の不可思議な日常

ある事情から、近所の文具店を訪れた
璃子。青年・遥人が働くこの店には、
管狐、天井嘗め、猫娘といった
奇妙な生き物が棲んでいて──!?

集英社オレンジ文庫

梨沙

鍵屋甘味処改

天才鍵師と野良猫少女の甘くない日常

家出中の高校生こずえは、ひょんなことから天才鍵師・淀川に助手として拾われた。ある日、淀川のもとへ持ち込まれたのは、他の鍵屋では開かなかった鍵で…。

鍵屋甘味処改2

猫と宝箱

淀川のもとに、宝箱開錠の依頼が舞い込んだ。だが、翌日に納期を控え、運悪く高熱で倒れてしまう。こずえは淀川の代わりに開錠しようと奮闘するのだが…。

鍵屋甘味処改3

子猫の恋わずらい

GWにこずえは淀川の鍵屋を手伝っていた。ある日、謎めいた依頼が入り、こずえたちは『鍵屋敷』へ向かう。そこに集められていたのは、若手の鍵師たちで…。

好評発売中

【電子書籍版も配信中　詳しくはこちら→http://ebooks.shueisha.co.jp/orange/】

集英社オレンジ文庫

一原みう

マスカレード・オン・アイス

愛は、かつて将来を期待された
若手フィギュアスケーターだった。
高一の今では不調に悩み、
このままではスケートを辞めざるを
得なくなりそうだが、愛は六年前に交わした
“ある約束”を果たそうとしていて——?